LES MÉTAMORPHOSES

DE

L'ÉPOPÉE LATINE EN FRANCE

AU MOYEN-AGE

PAR

A. JOLY

PROFESSEUR A LA FACULTÉ DES LETTRES DE CAEN
LAURÉAT DE L'INSTITUT

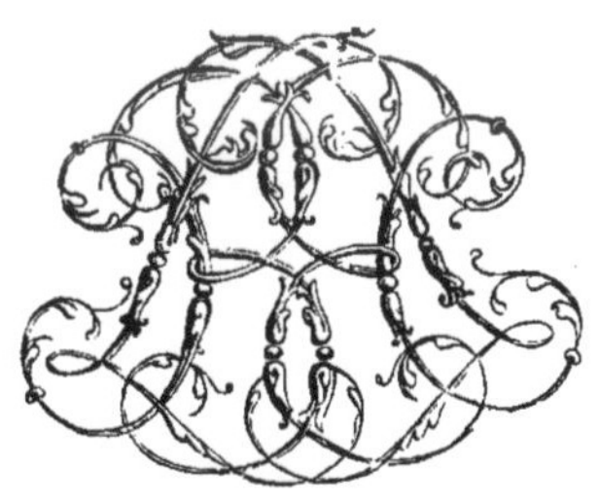

PARIS

—

1871

LES MÉTAMORPHOSES

DE

L'ÉPOPÉE LATINE

AU MOYEN AGE

Parmi les travaux les plus intéressants de la critique moderne, il faut certainement ranger ceux qui ont eu pour objet l'étude de nos origines littéraires trop longtemps négligées ; on peut dire qu'elle les a retrouvées. L'épopée du moyen âge surtout a été l'objet de recherches curieuses et passionnées. On sait maintenant tout ce que la chanson de Geste a trouvé d'inspirations originales et parfois grandioses dans les traditions nationales. On a beaucoup parlé des romans de la Table ronde. Mais il est tout un côté de cette littérature qu'on a laissé dans l'ombre ; on s'est peu occupé des poëmes que le moyen âge a empruntés à l'antiquité, du *Roman de Troie*, de l'*Eneas*, du *Roman de Thèbes*, du *Julius Cesar*, les Iliades, les Enéides, les Thébaïdes et les Pharsales du XIIe siècle. Elles y ont cependant obtenu un éclatant succès : on retrouve dans les Bibliothèques au moins vingt-cinq manuscrits du seul *Roman de Troie*; toutes les fois qu'on nous cite des personnages poétiques en possession de l'intérêt public, les noms antiques se mêlent confusément à ceux des héros de la Geste ou de la Table ronde; Hector et Achille, Ulysse et Hélène, Jason et Enée, Etéocle et Jules César coudoient familièrement Charlemagne, Olivier, Roland, Tristan et Yseult.

C'est qu'en effet le moyen âge a été en relation assidue avec l'antiquité, et que, comme le XVIe siècle, il a essayé de la faire sienne ; on peut même dire en un sens qu'il y a trop bien réussi. Les anciens tels qu'il les a vus ne sont plus des anciens ; ce sont des hommes du XIIe et du XIIIe siècle qui portent des noms antiques ; telle est la physionomie de ces œuvres, où les trouvères se croient naïvement les traducteurs des épopées classiques. Nous retrouvons ici les noms grecs ou romains ; nous retrouvons en gros les événements auxquels ils étaient mêlés ; mais ce ne sont plus les mêmes caractères, mais ils accomplissent tout différemment les mêmes exploits ; mais ce sont des passions et des sentiments tout différents qui les conduisent aux mêmes dénouements.

J'ai dit ailleurs[1] comment le moyen âge avait traité l'*Iliade*, comment il l'avait refaite de toutes pièces ; je voudrais, poursuivant cette étude, voir ce qu'il a fait de l'œuvre de Virgile, de celle de Stace et de Lucain. C'est une étude des plus originales et des plus piquantes. Les personnages de notre connaissance subissent là des transformations tout à fait inattendues ; certaines parodies de notre temps ne sont pas allées plus loin. Mais il y a là aussi un intérêt des plus sérieux, une source de curieux renseignements pour l'histoire littéraire et morale de l'humanité. Nulle part mieux qu'en voyant ainsi les mêmes sujets traités par l'antiquité et le moyen âge, on ne saisit les différences fondamentales qui les séparent, le contraste de leurs habitudes, de leurs mœurs, de leur civilisation. On y voit aussi comment le moyen âge comprenait l'antiquité, ce qu'il en pouvait porter, et jusqu'à quel point il se l'est assimilée. On y peut voir jusqu'à quel point ces essais ont aidé ou retardé la renaissance ; enfin ce qui est particulier à cette date restreinte du moyen âge et ce qui appartient à notre race, et quelles sont en général les aptitudes de l'esprit français à s'approprier cette même antiquité.

[1] V. *Benoît de Sainte-More et le Roman de Troie ou les Métamorphoses d'Homère au moyen âge*, par A. Joly. Paris, Franck, 1870. 1 vol. in-4o.

I

Virgile, Stace et Lucain ont été très-connus du moyen âge. Leurs œuvres n'avaient point cessé d'y être lues. Elles se retrouvaient dans toutes les bibliothèques ; elles figurent dans tous les catalogues, depuis celui de l'abbaye de Bobbio, qu'on dit avoir été rédigé au Xe siècle, jusqu'à la *Biblionomia* de Richard de Furnival au XIIIe siècle. La littérature latine du temps emprunte sans cesse à leurs écrits des citations, des exemples, des allusions. L'imagination de la foule elle-même s'était préoccupée d'eux. On sait quelle étrange histoire elle avait bâtie autour du nom de Virgile. Après en avoir fait un précurseur, un voyant, une sorte de saint Jean-Baptiste païen, après l'avoir appelé avec les prophètes et les sibylles auprès du berceau du Christ, elle en avait fait un magicien et un héros ou plutôt un vaincu d'amour ; rien n'a été plus populaire au moyen âge que la légende de Virgile.

Stace n'était guère moins célèbre. On le considérait comme un des ancêtres du christianisme. On ne sait pas au juste comment il est mort. On a dit qu'admis dans la familiarité de Domitien, il avait été, dans un jour de colère, frappé par lui d'un style aigu. Le moyen âge se plaisait à croire que, rallié au christianisme, il avait essayé de calmer la cruauté de l'empereur envers ses frères, et qu'il avait été puni par la mort de sa généreuse intervention. Aussi son nom n'était-il jamais cité qu'avec respect. On le plaçait à côté des maîtres de l'art ; c'est ainsi qu'il figure dans la *Chronique ascendante des ducs de Normandie*. Dans le *Département des livres*, on lit : « Estace le Grand et Virgile ; » Stace est proclamé grand, Virgile n'a pas d'épithète. On explique la Thébaïde dans les épreuves publiques. Gerbert l'admire ; Guillaume de Poitiers fait allusion aux héros qu'il a chantés ; Pierre Maurice, abbé de Cluny, vante en lui une des lumières de la poésie et de la philosophie ; Guy, évêque d'Amiens, le prend pour modèle ; Guillaume le Breton l'invoque dans sa *Philippide* ; saint Bernard le cite ; Nicolas Clamanges l'appelle un second Virgile. Dante nous a dit en quelle estime il le tenait (v. *de Vulg. Eloquio*, II, c. VI) ; il a fait plus encore : il lui a consacré tout un chant de son *Purgatoire*.

Sans avoir une légende, Lucain était fameux aussi. On retrouve sa trace dans tout le moyen âge. Bède le vénérable et Alcuin le vantent et lui empruntent des exemples ; Guiot de Provins le place parmi les philosophes, entre Virgile et Stace. *La Bataille des Sept Arts* lui fait le même honneur. Un autre le nomme parmi les « maîtres de Clergie. » Jean de Salisbury le cite sans cesse. Quand on voit les poëtes latins si répandus, on ne s'étonne pas que la poésie en langue vulgaire, toujours en quête de sujets et trouvant là de vastes magasins d'histoires, ait un jour songé à s'approprier les épopées latines. Il suffit pour cela de quelque trouvère échappé du cloître ou de l'école.

L'*Enéide* fut traduite la première. Aux gestes diverses des barons français un poëte voulut joindre la geste des Romains, ne voyant dans le livre de Virgile qu'une geste comme une autre. L'antiquité, du reste, le mettait sur la voie. Au dire de Servius, le livre de Virgile ne portait pas autrefois le titre d'*Enéide*, mais celui d'*Exploits du peuple Romain*, *Gesta populi Romani* : ce que le moyen âge traduisait tout naturellement *la Geste des Romains* ; le titre était tout trouvé.

L'auteur ne s'est pas nommé ; mais, à certains traits, il est permis de reconnaître le trouvère habile et fécond qui devait bientôt écrire la longue *Chronique des ducs de Normandie* et le vaste cycle du *Roman de Troie*, Benoît de Sainte-More, qui a vécu à la cour de Henri II d'Angleterre.

Entre toutes les traductions de l'*Enéide*, il n'en est pas de plus curieuse que celle-là. En présence des autres, on ne peut étudier que le traducteur lui-même ; il n'y a qu'un homme, le talent ou le mérite d'un homme aux prises avec une œuvre généralement plus forte que lui, et contre laquelle il se débat avec plus ou moins de bonheur. Ici, c'est toute une époque, toute une civilisation en face de la civilisation antique, nous confessant comment elle la comprend et ce qu'elle peut s'en approprier, quelles sont, entre ses inventions, celles qui lui sont sympathiques, celles qu'elles ne comprend pas ou qui lui répugnent.

Au premier abord, l'*Enéide* se retrouve presque tout entière dans l'*Eneas*. Ici comme dans le poëme latin, Enée est poursuivi par la haine de Junon ; jeté par la tempête sur une côte inconnue, il est accueilli par Didon, aimé par elle ; et, sur l'ordre des dieux, il l'abandonne pour courir à d'autres destinées. Il aborde en Italie, et descend aux enfers pour chercher auprès de son père le secret de l'avenir ; il soutient de longs combats contre Turnus ; il a pour alliés Evandre et Pallas ; pour adversaires, Mézéne et Camille. Latinus l'accepte pour gendre ; Amata le repousse ; cependant il est enfin vainqueur, épouse Lavinie, et donne naissance aux rois d'Albe et à la race des Jules. Le trouvère a conservé également la plupart des épisodes ajoutés par Virgile à la narration principale, comme l'histoire du cerf apprivoisé de Sylvia, l'amitié de Nisus et d'Euryale, etc. Et il ne s'est pas contenté de reproduire la suite des événements, il n'a pas demandé au poëme latin seulement un canevas qu'il pût broder ensuite à sa fantaisie avec les couleurs de son temps : il veut reproduire aussi les détails de l'œuvre originale : il veut faire œuvre de traducteur, et il y apporte les plus consciencieux efforts ; la version est par moments aussi littérale qu'on peut l'être à cette date. Les discours, surtout, semblent l'avoir charmé ; il s'attache à les rendre fidèlement. Dès le commencement de son poëme, dans les plaintes désespérées d'Enée au fort de la tempête, dans les paroles qu'il prononce en abordant en Libye, on reconnaît les idées, le mouvement du texte latin.

Et ce ne sont pas seulement les longs développements qu'il imite : ces traits restés fameux, ces vers si souvent cités, qui sont comme des médailles de Virgile, où, sous la forme la plus précise et la plus achevée, il a enfermé et comme condensé toute sa tendresse d'âme et l'expression de son mélancolique et doux génie, le vieux trouvère s'est efforcé de se les approprier, et de n'en rien laisser perdre. On voit qu'il en comprend la beauté ; c'est là un point qu'il faut noter à son honneur, et qui montre qu'il a déjà le sentiment des choses littéraires.

Les lecteurs de l'*Eneas* pouvaient donc à la rigueur savoir à peu près ce que contenait l'*Enéide*. Cependant si le tableau est le même, il est vu à travers de certains verres colorés d'une certaine façon, qui l'altèrent parfois, parfois le rapetissent et le déforment. Très souvent, là où l'on retrouve les développements mêmes de Virgile, ce n'est pourtant plus Virgile, ce n'est plus la langue, ni le style, et moins encore l'âme de Virgile. Il est des choses qu'évidemment le trouvère n'a pas comprises, d'autres qu'il comprenait sans doute, mais qu'il a repoussées sciemment. Ainsi le second livre, sauf le récit de Sinon, est réduit par lui à une trentaine de vers : cinq vers lui suffisent à résumer le troisième ; le cinquième enfin lui en fournit à peine une centaine, dont les seize premiers contiennent tout ce qui précède l'apparition d'Anchise à son fils, c'est-à-dire les cinq sixièmes du livre. C'est que le long détail géographique n'eût pas été compris des auditeurs et ne l'était pas du poëte lui-même ; c'est que le moyen âge ne se serait pas intéressé à la description de ces jeux qu'il ne connaissait pas ; le poëte ne garde que ce qui pouvait frapper également les hommes des deux époques. Parfois il est trahi par l'instrument dont il se sert : il ne peut échapper aux défauts de son temps. Dans la traduction des discours dont nous parlions tout à l'heure, il est à la fois sec et prolixe ; il paraphrase longuement ; il ne sait pas finir, et ajoute une suite aux discours de Virgile. De même, pour les passages plus courts, on ne peut guère louer chez lui que l'intention ; mais il y a cependant un intérêt presque touchant à le voir aborder si vaillamment la lutte avec des armes tellement inégales et essayer de transporter dans sa langue encore balbutiante et demi-enfantine, dans cette langue brève, raide et volontiers monosyllabique, les formules les plus savamment achevées d'un idiome riche, abondant et souple, et arrivé à sa perfection dernière.

Il est enfin des choses qu'il croit bien comprendre, mais auxquelles il donne, sans le soupçonner, une physionomie toute nouvelle, si bien qu'il peut impunément en placer d'autres à côté qui appartiennent à un autre monde et à une autre civilisation ; il a tellement modifié celles qu'il a conservées, qu'elles ne font plus disparate avec celles qu'il y ajoute.

En effet, le poëte a beau vouloir imiter Virgile, on reconnaît ici à chaque pas l'influence d'un état social et moral tout différent. C'est encore Junon, il est vrai, qui cause les malheurs des Troyens ; mais le poëte nous le dit plutôt qu'il ne la montre à l'œuvre. En général, il a supprimé dans tout son livre l'intervention directe, on pourrait dire l'intervention active des dieux. Il connaît Eolus, le roi des vents, qu'il faut tout d'abord apaiser, mais il se contente de le nommer. On ne voit plus Jupiter promenant ses regards sur la mer et sur la vaste étendue des terres, ni Vénus venant l'implorer. On n'assiste plus à l'entretien des deux immortels ; on n'entend plus le roi des dieux, dans sa majesté sereine de Jupiter Capitolin, lui révéler l'ordre constant des destinées et le rôle magnifique réservé à Rome ; le poëte a supprimé le déguisement de Vénus et son apparition aux yeux de son fils ; l'amour ne vient plus prendre la place d'Ascagne. Vénus, il est vrai, intervient encore dans le poëme, mais les choses se passent plus simplement. Comme dans Virgile, elle est inquiète sur le sort d'Enée, « elle le voit entre sauvage gent. Elle eut d'amour la puissance ; quand elle voit qu'Enée a mandé son fils, elle vient à lui, le prend entre ses bras et le baise étroitement. A ce baiser elle lui a donné de faire aimer grand pouvoir ; elle défend que, fors la reine et Enée, nul ne le baise, puis elle s'éloigne à grand pas. » On ne verra pas non plus dans la partie du poëme qui reproduit le septième livre de Virgile, Junon allant chercher une des furies, exciter elle-même la guerre entre les Troyens et les Latins. Alecto ne vient plus infecter de ses poisons le cœur d'Amata et pousser Turnus au combat ; c'est la reine qui d'elle-même va se plaindre à Latinus ; c'est elle qui pousse Turnus au combat. L'auteur du XIIe siècle n'a pas la pensée qui viendra plus tard à ses successeurs, de substituer, substitution facile, ce qu'on a appelé le merveilleux chrétien au merveilleux païen, de mettre par exemple un démon là où Virgile avait placé une furie ; le messager infernal est remplacé par un simple chevalier. En même temps qu'Alecto, l'auteur a supprimé la grande poésie, cette belle explosion de la colère de Turnus, ce signal de la guerre si magnifiquement donné, ce terrible éclat de la trompette infernale qui ira retentir jusque dans les vers du Tasse.

Les puissances de la terre et de l'air mêlées par le poëte ancien aux combats des mortels, toutes les scènes ainsi agrandies, l'horreur des combats faite plus horrible encore, mille détails vulgaires tout à coup empreints d'une souveraine beauté, tout cela a complétement disparu. Le trouvère repousse également le merveilleux physique. Il ne changera point en nymphes les vaisseaux d'Enée brûlés par Turnus. Il dissipe le nuage dont Vénus, dans sa prudence maternelle, enveloppait le héros et son compagnon. Il y a cependant une part encore faite au merveilleux, mais c'est celui qui convient à des imaginations un peu enfantines, le merveilleux des contes. De tous les êtres surnaturels qui passent dans l'Enéide, il ne conserve que la Renommée, à cause de ses cent yeux et de ses cent oreilles, et il paraphrase avec une visible complaisance la description antique. Il s'attache surtout au côté anecdotique. Il n'a garde d'oublier le traité fallacieux conclu par Didon avec Iarbas ; c'est là un beau conte, digne d'un fabliau, et fait pour amuser le moyen âge. Il recueille avec soin le mot d'Ascagne, s'écriant que les Troyens mangent leurs tables et leurs tailloirs; l'aventure et le mot lui paraissent si piquants, qu'il les fait redire par Enée. Il n'omet rien de ce qui est seulement singulier.

Il n'a pas non plus songé à reproduire ces tableaux du temple de Junon où était retracée toute l'histoire du siége de Troie, et à la vue desquels l'espoir rentrait dans le cœur d'Enée. Du même coup, il a supprimé l'attendrissement du héros, ces larmes qu'on lui pardonne cette fois, et ces traits de sentiment si souvent cités : *sunt lacrymæ rerum*, etc. Il les remplace par une description éblouissante des splendeurs de la ville de Didon, ville de marbre et d'or, où il a semé à pleines mains les pierres précieuses, l'azur, le vermillon, les riches peintures, les inventions fantastiques. Nous saisissons ici une différence essentielle des deux Enéides. Là où l'auteur latin parlait au cœur, le trouvère s'adresse surtout aux yeux ; à l'émotion il substitue l'étrange, le prestige des *Mille et une Nuits*. Et à ces splendeurs étourdissantes il joint d'autres merveilles que lui fournit l'histoire naturelle légendaire du moyen âge.

Aussi l'esprit du livre, son inspiration générale ont changé. Cela devait être, et cela marque deux états différents de l'imagination, du développement intellectuel et moral de l'humanité.

Notons aussi que le poëte donne à toutes choses les couleurs de son temps, aux personnages le costume, les mœurs, les habitudes du XIIe siècle. Enée a des chevaliers, un sénéchal ; Didon est suivie de cent demoiselles de prix, filles de comtes ou de marquis. Le chef troyen, fidèle aux habitudes féodales, consulte ses hommes en toute circonstance. Dès le début du poëme, au moment de quitter la Troade, « quand il fut sorti de la ville, sous un arbre loin dehors, il assemble autour de lui grande gent ; il demande alors communément s'ils se voudront tenir avec lui, et avec lui souffrir bien et mal ou retourner dans la ville. » Il demande l'avis « de ses barons » avant d'abandonner en Sicile la population invalide et avant d'aller réclamer le secours d'Evandre. De même son rival Turnus, au début de la guerre, se déclare prêt à renoncer au secours des siens s'ils ne croient pas qu'il ait pour lui la justice. « Si vous croyez que j'aie tort, je vous en prie, ne me portez pas secours, mais dites-moi que je me repose. » Mezence lui répond au nom de tous qu'il a le bon droit pour lui et qu'ils sont prêts à repousser Enée. Les raisons qu'il donne à l'appui de sa résolution sont d'une naïveté parfaite. « Nous ne voulons pas, dit-il, d'un étranger sur nous ; nous serions vieux et chenus avant de le connaître, et de longtemps il ne saurait ce que vaut chacun de nous. Il donnerait nos terres à ceux qui l'ont suivi en ce pays. » Mais Mezence veut qu'avant de lui déclarer la guerre, on le somme de produire ses raisons en public ; s'il s'y refuse, Turnus le fera défier. Turnus, le futur époux de Lavinie, a été saisi par avance du fief de Latinus ; « il a déjà recueilli les tours, les donjons et les hommages des barons. » Quand Enée implore l'aide d'Evandre, il offre de se reconnaître son vassal et de tenir de lui son fief. Il s'est fait accompagner dans ce voyage de ses jongleurs et de ses maîtres enchanteurs, et il leur fait faire devant le roi arcadien les jeux de Troie. Il arme Pallas chevalier. Nous retrouvons ici toutes les habitudes militaires du XIIe siècle, la façon de combattre, les armures, les équipements de chevaux de guerre, le système de fortification. On pourrait, avec les seuls récits de notre poëte, reconstruire une forteresse française ou normande du temps de Philippe-Auguste et de Henri II. M. Viollet-Leduc ne les décrit pas plus complétement. Nous retrouvons ici les remparts, les fossés, les hautes tours, les palissades, les chemins de ronde, les bretèches, le hérisson, le pont qui se relève, la porte fermée au moyen du fléau, la poterne par où s'échappe une garnison trop pressée, les fortifications avancées. Toute la partie du poëme qui retrace des actions guerrières est en général traitée avec beaucoup de verve : les descriptions de combats, les discours prêtés aux chefs sont pleins de vie et d'entrain, et le ton qui leur est donné est un dernier témoignage des mœurs du XIIe siècle ; une certaine tournure goguenarde et familièrement héroïque a remplacé l'élégance et la gravité latines.

Enfin, par une dernière concession à l'esprit du temps, l'auteur a donné à son œuvre un long complément, auquel n'avait pas songé Virgile, une longue histoire d'amour comme les comprenait le douzième siècle.

En somme, on peut dire que l'*Eneas*, bien que dans la pensée de son auteur il soit une traduction de l'*Enéide*, est vraiment une œuvre nouvelle et originale.

Le poëme s'ouvre par une courte introduction. Avant de reproduire Virgile, et au moment de transporter ses auditeurs dans ce monde tout nouveau et de dérouler devant eux des événements si étrangers à toutes leurs traditions, l'auteur a senti qu'il fallait rappeler brièvement les faits qui ont précédé l'ouverture du poëme, c'est-à-dire la ruine de Troie et la fuite des Troyens qui ont échappé aux coups des Grecs. Enée (Eneas) « qui tint en héritage une grande partie de la ville, » a vu le désastre des siens. Mais sa mère Vénus « la déesse d'Amour, » lui commande d'abandonner une ville condamnée par le jugement des dieux, et d'aller chercher la contrée d'où est sorti Dardanus, le fondateur de Troie. Il rassemble donc sa « gent et son trésor, » sort de Troie, « menant son fils par la main, et faisant emporter avec soi son père Anchises, qui était moult vieux homme. » Notons qu'il ne le porte pas lui-même ; le trouvère n'aura pas jugé l'attitude assez digne pour un prince. Il trouve près du rivage vingt-deux barques tout équipées que les Grecs ont abandonnées, il s'en empare, et s'éloigne avec les siens, guidé par une étoile.

Mais le courroux de Junon va le poursuivre sur les mers ; elle n'a pas oublié le jugement injurieux de Pâris. Ici le trouvère a rejoint Virgile et l'*Enéide*; seulement il la complète à sa manière, en racontant longuement l'histoire à laquelle Virgile s'était contenté de faire allusion.

Je ne veux pas le suivre pas à pas. Dans cette partie du poëme, je ne veux m'attacher qu'à ce qui a trait aux aventures de Didon. Le trouvère, en ce point, a essayé de ne rien laisser perdre de ce que lui offrait son modèle. On voit que le beau récit de Virgile s'est emparé de lui ; il a senti que la peinture de cette passion, de cet égarement, de cette mort lamentable devait être un des grands intérêts de son œuvre. Aussi lui a-t-il fait une large place, reproduisant avec toute la fidélité dont il est capable le premier et le quatrième livre de l'*Enéide.* Notons cependant comme un trait caractéristique de cette poésie que, tout en étant aussi long que le poëte latin, le trouvère ne nous donne qu'une partie de son œuvre.

Des messagers d'Enée sont venus implorer la reine de Carthage. Ils ne l'ont pas trouvée, comme chez Virgile, dans le temple de la déesse, entourée d'armes, assise sur un trône élevé, semblable à Diane environnée de ses nymphes. Ici, le tableau est plus simple ; elle est « dans un parloir sous la tour avec molt grand barnage ; » c'est là, en effet, encore un des traits de la *réduction* opérée par le trouvère. Il supprime l'image, il supprime les comparaisons, il supprime, hélas ! à peu près toute la poésie. Comme dans Virgile, Ilionée sollicite la pitié de Didon. Celle-ci accueille à merveille les messagers. Le trouvère a fondu en un seul discours les deux que lui prêtait le poëte latin ; mais il en a conservé les traits les plus touchants. On ne retrouve pas, il est vrai, au début, cette contenance modeste que le texte latin donnait à la reine, mais le trouvère, en échange, n'a eu garde d'oublier la belle et humaine parole, la parole fameuse : *non ignara mali.* Elle a appris de ses propres malheurs à compatir à l'infortune. « Je fus moi-même plus égarée (abandonnée) quand je vins en cette contrée. Par moi le sais, bien l'ai appris, que je dois bien avoir pitié d'homme si le vois déconseillé. » Elle offre à Enée tous ses trésors ; elle fait plus encore : s'il le veut, les deux peuples ne feront qu'une seule nation.

En recevant ces agréables nouvelles, Enée est monté à cheval avec sept-vingts des siens. Il arrive à l'heure de nones en la cité. « Ses Troyens sont devant lui et chevauchent deux à deux, bourgeois, dames et chevaliers des rues et des soliers les vont à merveille regarder. » Il n'était besoin de demander qui de la compagnie était le seigneur ; « sans que nul d'eux l'ouït dire, ils reconnaissaient tous le roi. L'un le montre à l'autre au doigt. Moult était beau et avenant, et chevalier fourni et grand. A tous en semblait le plus bel. » C'est là ce qui remplace chez le trouvère cette grâce divine que Vénus elle-même répandait sur les traits et la taille du héros. Didon vient au-devant de lui et le prend par « la main destre. En l'entaille d'une fenêtre ils se sont assis loin de tous les autres, et Enée lui dit comment il est arrivé à Carthage et où il va. Puis il envoie chercher son fils et les parures précieuses qu'il destine à la reine. Priam les faisait garder dans son trésor ; Hécube, la reine, les portait quand elle fut couronnée. » Ascagne arrive avec les présents. « La reine, qui moult belle fut, les reçoit avec grands mercis ; elle les estime moins pour leur valeur que pour celui qui les donna. » Puis elle baise l'enfant. « Bien étroitement elle le baisait ; elle se menait malement. Folle elle est de le toucher. Vénus y a mis sa flamme. Didon l'en trait qui est éprise. La dame boit le mortel poison. De son grand malheur elle ne s'aperçoit. Avec les baisers elle prend telle rage d'amour qui lui éprend le corps. Donc Enée baise encore l'enfant, et Didon le baise à son tour. De l'un en but l'autre l'amour. Chacun en but bien à son tour. Qui plus le baise plus en boit; c'est Didon qui plus folle était, elle y a pris mortelle ivresse. Amour désormais la tient en sa chaîne. »

On voit ce que sont devenus les six vers du poëte latin, comme le trouvère s'appesantit sur tous les traits, et combien, à côté de cette insistance, la poésie de Virgile semble discrète.

Cela est bien plus frappant encore quand le trouvère arrive à l'admirable quatrième livre. Tout le monde sait sous quels traits Virgile a peint l'infortunée Didon. C'est la plus belle, la plus passionnée, la plus touchante et la moins coupable des victimes de l'amour. Comme bien d'autres femmes, c'est par ses vertus mêmes qu'elle est conduite à sa perte; c'est l'humanité, c'est la sympathie pour le malheur et la gloire qui ont ouvert son cœur à l'attendrissement. Mais cet attendrissement même ne suffirait pas à bannir le souvenir de Sichée qui veille sur son honneur. Pour qu'elle cède au sentiment qui l'entraîne, pour qu'elle succombe, il faudra l'intervention des dieux eux-mêmes. Enfin, épris de noblesse comme un écrivain du XVIIe siècle, Virgile s'est plu à l'entourer de grandeur. C'est la plus passionnée des femmes, mais c'est toujours une reine qu'il nous montre en elle. Elle songe à l'intérêt de son peuple; elle veut le faire plus grand par son alliance avec les Troyens. Sur son bûcher, prête à périr, comme une héroïne de Corneille elle pense à sa *gloire*. C'est une grande âme, une âme vraiment romaine, qui se consolera de mourir en repassant l'histoire de sa vie, en se rappelant les grandes choses qu'elle laisse derrière elle. Cette peinture de la passion la plus ardente qu'ait représentée l'antiquité est chaste. Ce ne sont pas les enivrements de la passion que s'est attaché à décrire le poëte, mais ses violences, ses fureurs, ses regrets; et surtout à chaque instant il renoue le fil qui rattache cette partie du récit au reste du poëme. Le trouvère n'a rien conservé de tout cela; il n'y a plus ici ni ménagements ni réserves. Le baiser de Vénus dévore cette âme. La passion y éclate tout à coup avec fureur, et la peinture que le poëte fait de ses ravages est toute physique, naïvement et brutalement physique. Je n'oserais reproduire ici la description qu'il donne de son insomnie et de ses agitations, ni les longs détails dans lesquels il a délayé les cinq vers de Virgile et cette peinture ardente et cependant pleine de retenue, tant ils sont parfois ingénument bouffons, parfois d'une désespérante crudité. Elle se plaint amèrement que la nuit dure si longtemps ; elle croit qu'elle ne verra pas venir le jour. Quand enfin il commence à paraître, « au fil de l'aube » elle se lève en hâte sans attendre les secours de ses suivantes ; « de mortelle rage était éprise, » elle va courant trouver sa sœur. Virgile n'avait eu garde de lui donner cette furie, cette course haletante. Elle débute par lui dire : Je me meurs ; et dans un dialogue très-rapide, entrecoupé par les questions précipitées de sa sœur inquiète : « D'amour je suis éperdue, dit-elle ; je ne le puis céler : j'aime ; » mais quand elle veut nommer celui qu'elle aime, elle ne peut parler et se pâme. Quand enfin elle est revenue à elle, elle s'essaye à redire la confession que Virgile a mise dans sa bouche. Elle avoue son admiration pour le héros troyen, sa passion ; elle s'arrête seulement devant la promesse faite à Sichée. Mais l'aveu ici est bien moins ménagé et plus violent. Elle le fait avec une franchise, une naïveté que ne connaissent pas en leurs plus grands égarements les héros amoureux du temps d'Auguste et de Louis XIV, mais qui sont familières à ceux du moyen âge et quelque peu à ceux du XIXe siècle. « Il a épris mon cœur, il m'a donné la mortelle rage. Pour lui je meurs, quoi que j'en aie. Si ce n'est qu'à mon époux je promis amour à mon vivant, de lui je ferais mon amant. » Cependant elle veut être fidèle à son serment ; elle renouvelle les terribles imprécations que Virgile mettait dans sa bouche. « Mieux aimerais mourir que je lui mente. Qu'auparavant la terre s'ouvre sous moi qui toute vive m'engloutisse, et que le feu du ciel me consume toute. » Ici le trouvère ajoute à son modèle. Ce nom, que tout à l'heure elle ne pouvait prononcer, l'obsède, il faut qu'il lui échappe. « Elle n'aimera personne, dit-elle ; celui-ci, d'ailleurs, ne lui est rien. Jamais auparavant je ne le vis ni le connus, si ce n'est que j'en ouïs parler, Enée je l'ai entendu nommer. » Et aussitôt « elle noircit et se pâma ; peu s'en fallut qu'elle ne fût morte. »

En tout cela, c'est la chair qui parle toute seule, c'est la nature qui éclate, la nature animale contre laquelle l'âme n'a pas tenté de réagir, que n'a refrénée ni contenue aucune culture morale.

Le trouvère traduit assez fidèlement (en mettant à part, bien entendu, l'élégance et la délicatesse exquises) la réponse d'Anna, l'égarement de la reine, son oubli de toutes choses, tous les travaux suspendus. Dans Virgile, quand l'infortunée est arrivée à cet égarement, Junon s'attendrit, elle demande grâce à Vénus et lui propose d'unir les deux nations. Oubliant en apparence leurs ressentiments, les deux divinités s'unissent contre la faible mortelle et préparent à elles deux le piége où sa vertu va succomber. Habitué à mettre les dieux en dehors de son œuvre, le trouvère ne semble pas avoir compris combien cette intervention des déesses relevait la chute de Didon; il les a tout à fait éloignées du poëme. Il a supprimé aussi la solennité de ces noces coupables qui les rachète ; ce n'est plus qu'un entraînement vulgaire. Enée s'oublie dans le bonheur ; mais un messager des dieux vient lui rappeler l'ordre constant des destinées et le devoir pour lui « d'aller en Lombardie. » Le trouvère n'y fait pas de façon, il réduit à ce seul vers l'intervention de Jupiter. Aussi l'impression produite sur Enée n'est-elle plus la même. Dans Virgile, quand il a entendu Mercure lui-même lui parler au nom du maître des dieux, il n'hésite plus un instant ; il n'a plus qu'un désir, obéir en toute hâte, s'éloigner. Cependant, en dépit de cette *présence divine*, la prompte obéissance du héros nous étonne. Elle a aussi étonné le trouvère, tout moderne en ce point ; et comme le divin manque chez lui, il donne bien plus de satisfaction à notre humanité. Enée hésite, il est fort en peine, il voudrait bien demeurer. Cependant Didon est avertie de son projet de fuite. Avec sa répugnance pour le surnaturel, le poëte n'a pas songé, comme son auteur, à mettre, à ce propos, en mouvement la Renommée qu'il avait tout à l'heure pris la peine de dépeindre si longuement. « Ne sais, dit-il naïvement, si ce fut homme ou femme qui l'a découvert à la dame. » Il reproduit assez exactement le dernier entretien des deux personnages, les touchants reproches de Didon, les explications confuses d'Enée, la réponse irritée de la reine, sa tentative dernière pour le rappeler. Il supprime seulement les avertissements funèbres, l'appel de Sichée, ces songes, ces apparitions, toutes ces manifestations des puissances infernales qui peu à peu entourent Didon et l'attirent comme fascinée. Il est un personnage aussi qui s'est singulièrement modifié sous sa plume. La prêtresse massylienne, gardienne du temple des Hespérides, et chargée de nourrir le dragon qui veille sur les fruits sacrés, est devenue une vulgaire sorcière du voisinage.

Le trouvère n'a pas reproduit davantage le beau contraste qui est dans l'œuvre latine, cette admirable peinture de la nature tout entière apaisée, tandis que Didon est en proie à l'insomnie. Nous la retrouvons seulement au lever du jour. sur la haute tour d'où l'on aperçoit la mer et la flotte troyenne qui s'éloigne les voiles gonflées par le vent. Mais ici le sentiment a tout à fait changé, et le dénouement est tout autre. Dans l'*Enéide* le cœur de la reine n'est plus ouvert qu'à des pensées de vengeance. De par le patriotisme de Virgile, Didon mourante est condamnée à maudire. De son bûcher sortira l'étincelle qui doit allumer entre les deux grandes nations de l'antiquité une guerre implacable. Avant d'expirer, elle appellera à la vengeance contre les descendants d'Enée les fils de Carthage. Le trouvère s'intéresse médiocrement à la grandeur romaine, aux débats de Carthage et de Rome; il a montré en passant le lien du poëme avec l'histoire de la Ville éternelle; il n'y reviendra pas. Aussi, Didon chez lui est-elle moins possédée par le désir de la vengeance. D'ailleurs, le christianisme a mis sa marque sur ces vieux poëmes. Là où l'antiquité proclamait la légitimité, la sainteté même de la vengeance, la poésie du moyen âge place le pardon. Dans le *Roman de Thèbes*, Atys, tombant sous les coups de Tydée, pardonne à son vainqueur; Didon n'est pas moins clémente. Déjà son dernier entretien avec Enée ne se terminait pas comme dans Virgile, par une malédiction, mais par une parole douloureuse et résignée : «Puisque je ne puis le retenir, qu'il s'en aille; moi, je n'ai plus qu'à mourir. » Elle est désespérée, elle gémit de sa faute, elle ne pourra survivre à l'abandon ; mais sa faiblesse même la dispose à l'indulgence. Quand elle a vu s'éloigner le perfide, l'amour est encore dans son sein ; elle s'évanouit, elle est tantôt brûlante et tantôt glacée; son cœur bondit et tressaille (pantoise); elle essaye encore de rappeler le fugitif : « de sa manche de blanche hermine elle lui fait signe cent et cent fois. » Elle se décide enfin à mourir ; mais sa dernière parole est un pardon; elle répète expressément le mot par deux fois : « Il m'a ocise à moult grand tort. Je lui pardonne ici ma mort. » En signe d'accord, d'amour et de paix, elle baise ses parures et son lit : « Je vous le pardonne, sire Enée; » et le nom d'Enée est le seul qu'en expirant, étouffée par le sang et la fumée, elle trouve encore la force de prononcer.

Nous avons insisté sur cette partie du vieux poëme, parce qu'on y peut juger le procédé de l'auteur; on y voit ce qu'il emprunte et ce qu'il laisse au poëte latin. Je ne prétends pas pourtant le suivre pas à pas, mais signaler seulement ce qu'il y a de plus original dans son imitation.

Entre toutes les inventions de Virgile, celle de la descente aux enfers était faite pour intéresser ce moyen âge qui accueillait avec tant de complaisance le récit du voyage au purgatoire de saint Patrick, et qui allait, un siècle et demi plus tard, enfanter le rêve sublime et lugubre de la *Divine Comédie*. Ici, comme dans Virgile, le héros troyen est conduit au séjour infernal par la sibylle ou Sebile; mais ce n'est plus la prophétesse que nous connaissions; elle ne révèle plus à Enée les menaces de l'avenir; le poëte a supprimé l'admirable scène de l'inspiration; quoique l'auteur l'appelle « sage prestresse et très-sage devineresse, » ce n'est plus qu'une terrible sorcière semblable à celle que faisait appeler Didon. Enée la trouve à la porte du temple, « toute chenue, échevelée; elle avait le visage noir et froncé, la face jaune et empâlie ; elle semblait femme de male part. » Le trouvère a supprimé aussi l'admirable invocation du poëte latin, qui s'arrêtait au seuil des demeures mystérieuses, et demandait avec tremblement aux dieux d'enfer la permission de révéler leurs secrets. La majesté et la terreur des peintures latines vont être partout ici remplacées par la laideur. Cette poésie semble en avoir soif, le mot se retrouve partout. Au commencement, dit le trouvère, ils trouvent quantité de « laide gent : » mort et douleur, faim et souffrance, et puanteur, et plaintes, et pleurs, et félonies ; il se contente de les énumérer ; les développements poétiques, qui étaient comme une belle draperie enveloppant les funèbres apparitions, ont disparu ; il ne reste que les squelettes. L'entrée de l'enfer dans Virgile était effrayante ; ici elle est « laide. » L'arbre des songes, l'orme ombreux, immense de Virgile est devenu « un arbre laid ; molt ancien laid et moussu. » Le trouvère ne soupçonne pas « les beautés de l'horreur. » Charon, « le dieu du passage, » ne peut échapper à cet enlaidissement général. Au lieu du personnage imposant, de la verte, et puissante, et divine vieillesse qu'a peint Virgile, au lieu de ce titan de Michel-Ange si bien reproduit par E. Delacroix, le trouvère nous peint un vieil homme grotesque. La transformation mérite d'être étudiée de près ; nous surprenons là toute une veine particulière d'imagination. « Il était vieux *et laid*, et rechigné, et tout chenu et tout froncé. Il eut le visage noir et confondu, le chef mêlé et tout chenu, les oreilles grandes et velues, les sourcils gros et moussus, les yeux plus rouges que charbon, longues la barbe et la moustache. »

Mais c'est surtout dans la peinture de Cerbère que le poëte s'est donné carrière. Virgile le représentait seulement immense, aboyant, le dos hérissé de couleuvres. Le trouvère nous peint un de ces monstres fantastiquement effroyables, comme l'imagination peureuse du moyen âge en tordait en forme de gargouilles, en enroulait dans des mêlées étranges, à quelque vieux pilier saxon ou aux chapiteaux de ses cathédrales. C'est ici que la laideur triomphe ; l'auteur lui-même nous avertit : « Trop par est *laid* à demesure et de trop horrible façon. Il a les jambes et les pieds velus et les orteils tout crochus, de grands ongles comme griffon, le dos aigu et recourbé, le ventre gros et enflé, une grande bosse sur l'échine, la poitrine sèche et maigre, les épaules grêles, les bras gros, les mains crochues. » La laideur est partout, naïve, franche, surabondante, débordante. Au lieu des sombres peintures du poëte ancien, nous avons un enfer tel qu'on le représente dans les fêtes de village pour effrayer les bonnes gens.

Le trouvère a cependant conservé la plupart des inventions de son modèle, le fleuve d'oubli, les enfants vagissants, Minos sur son tribunal, les victimes d'amour, et parmi elle Didon qu'Enée essaye en vain de désarmer. Nous retrouvons ici les guerriers morts en combattant, la terreur des Grecs, « la mestre cité d'enfer, une *belle* cité » dit pour la première fois le poëte, et les principaux supplices. Le poëte en a abrégé l'énumération, mais il a corrigé son auteur en un point : sous l'influence du christianisme, il a essayé de peindre de couleurs nouvelles l'éternel tourment. Aux rochers, aux roues, à l'immobilité, il substitue une torture d'une autre espèce, une espèce de torture morale, qui, en dehors de tout détail physique est plus terrible et se suffit à elle-même.

Ils arrivent enfin aux Champs-Elysées « où les saints hommes étaient en clarté, grand repos et félicité : en grand douceur ils y étaient; les champs étaient tout fleuris, grand joie y abonde, toujours y a liesse et fête. » Enée y rencontre son père, qui lui révèle les futures grandeurs de sa race. Mais le trouvère a supprimé le solennel début de son discours, le beau développement platonicien, que peut-être il ne comprenait pas bien lui-même, et que son auditoire n'eût point compris du tout. L'évolution millenaire des âmes est remplacée par un ardent désir de monter sur la terre. De toute la longue lignée des héros de Rome il n'est resté ici que quatre noms : Silvius, Romulus, Julius César le preux, et César Augustus, qui aura le monde sous sa puissance. Anchise annonce très-sommairement à son fils leur gloire et les grandeurs de Rome et le reconduit en hâte par la porte d'ivoire.

Nous avons, à la suite du vieux trouvère, achevé la première moitié de l'*Enéide*, la plus belle, de beaucoup, aux yeux des modernes, et nous n'avons encore parcouru que trois mille vers du poëme français, c'est-à-dire à peine les trois dixièmes de l'œuvre entière. La remarque a son importance; on voit que ce qui séduit l'écrivain du XIIe siècle, ce ne sont pas les beaux développements poétiques qui nous charment nous-mêmes, c'est la partie qui renferme le plus de récits.

Il ne néglige aucun de ceux que contiennent les six derniers livres ; j'y veux seulement relever quelques traits caractéristiques. Le trouvère a élagué ce qui tenait à des habitudes religieuses particulières à l'antiquité, ce désordre sacré où Armata entraînait sa fille et toutes les femmes du Latium ; mais il a conservé soigneusement « la faible occasion, et l'assez peu de commençaille » d'où, selon Virgile, est sortie cette terrible guerre, cette histoire du cerf apprivoisé de Sylvia, la fille de Tyrrhus, tué par les Troyens, et il a donné à cette aventure une couleur et une importance toutes nouvelles. Il ne s'est pas contenté de reprendre la peinture de Virgile en y ajoutant une foule de détails merveilleux. Le poëte latin, satisfait d'avoir mis les deux peuples aux prises, passait vite; le trouvère s'arrête avec complaisance, heureux d'avoir à peindre une belle chasse héroïque et chevaleresque assaisonnée de tuerie et de pillage. Il la prolonge à plaisir. Ascagne s'attache à la poursuite de son cerf avec une ténacité singulière ; quand il l'a mortellement frappé, et que les paysans de la contrée essayent de le lui disputer, il enlève sa troupe par un discours jovial et plein d'entrain, où l'on reconnaît l'accent du temps. « Que faites-vous, francs chevaliers? le cerf demeure à écorcher. Nous y pourrons bien si longtemps demeurer qu'il ne sera cuit pour le dîner. Que chacun y frappe de l'épée. Ainsi nous y ferons forte purée. A la viande nous devons tirer, car chacun y a affaire. » Il lui faut son cerf, il ira le forcer jusqu'au fond du châtelet de Tyrrhus ; pour l'avoir, il fera un siége en règle, et emportera la place d'assaut. Enfin, il le tient et l'écorche ; et, ce qui est un trait de mœurs, les Troyens ne négligent pas en passant de tout piller dans la maison, et de charger trente sommiers de butin.

La différence d'habitudes a mis partout sa marque. Inquiète pour son fils ici comme dans l'Enéide, Vénus voudrait lui donner des armes d'or et d'argent si bien travaillées qu'elles ne pussent être faussées; elle va les demander au dieu qui forgeait les foudres de Jupiter. L'auteur sait que l'entreprise est difficile, qu'entre les deux immortels il y a eu, « mautalent maint jour. » Cependant le divin forgeron cède aux séductions de son épouse, et « après trois mois et un petit plus » de travail, il lui remet une armure merveilleuse. Mais le bouclier d'Enée ne porte aucune sculpture : cette ornementation est trop étrangère aux habitudes militaires et à l'art du temps ; les pierres précieuses, semées à profusion, ont remplacé le divin travail.

Pour nous donner une idée de la bonté de l'épée, le poëte suppose une épreuve qui est bien dans les conditions ordinaires de cette imagination qui ne demandait rien moins à l'épée des preux que de trancher des montagnes. Vulcain l'essaye sur son enclume, large de sept pieds, épaisse de neuf, et que quatre bœufs ne pourraient déplacer ; l'épée en fait deux parts, sans plier ni s'émouvoir.

Cette même tendance à outrer partout les couleurs se retrouve dans le portrait de Cacus Ce n'est plus seulement le redoutable brigand de l'Enéide, mais un anthropophage : « Quand il avait pris un homme, il le tuait, buvait le sang, en mangeait la chair et les os; il ne mangeait sinon homme. » Il est à noter en ce point qu'il semble lui avoir répugné de nous montrer Hercule roi et fils de dieu conduisant des bœufs comme un vilain, il ne s'explique pas sur le larcin de Cacus ; il se contente de nous dire que le dieu l'a tué pour un méfait qu'il lui fit. »

Le poëte du XIIe siècle n'a pas oublié le touchant tableau de l'amitié et de la mort de Nisus et d'Euryale. Les mêmes hommes qui s'intéressaient si vivement aux étranges aventures d'*Amis* et d'*Amiles*, et aux détails parfois grossiers et révoltants de leur héroïque affection, devaient lire avec bonheur le récit de la tendresse passionnée des deux Troyens. C'est un des passages du poëme latin que le trouvère a traduits avec le plus de soin. Il en a conservé presque tous les détails et les a rendus avec intérêt ; l'expression de l'amitié des deux jeunes gens est restée touchante. Le discours que le poëte met dans la bouche de Nisus, quand il s'aperçoit qu'Euryale ne l'a pas suivi, a de la grâce et de l'émotion. Il s'y mêle une certaine recherche ; le *Roman de Troie* portait les mêmes raffinements dans la peinture de l'amour. Le poëte croit à une mystérieuse correspondance entre deux âmes qui s'aiment. Il ne nous parle pas du désespoir de la mère d'Euryale. Avec une liberté dont il nous donne bien des preuves, il transporte ailleurs ses plaintes et les prête à la mère de Pallas dont n'avait pas parlé Virgile qui faisait plus seule la vieillesse d'Evandre.

Cette partie du poëme a pris chez lui une couleur toute nouvelle. Il a reproduit, il est vrai, les derniers adieux d'Enée à Pallas, qu'il traduit avec beaucoup de délicatesse et de grâce, et la douleur du père ; mais il a modifié d'une façon très-marquée les inventions du poëte latin. Celui-ci, soucieux avant tout de l'honneur de son héros et de son rôle providentiel, ne donnait à Evandre qu'une douleur contenue. Il pleure son fils, mais il semble avant tout préoccupé de ne point incriminer les Troyens. Dans sa douleur même, il ne veut pas blesser son puissant allié. Il semble se consoler en pensant que Pallas est mort pour une si grande cause. Il ne croit pas avoir trop payé de son sang l'honneur de la servir. Il y a une vénération de Rome, un sentiment de ce qui est dû à sa grandeur, qui fait songer invinciblement aux courtisans de Louis XIV, et à la réserve monarchique de leurs douleurs en présence du maître ; c'est ainsi qu'un familier de Versailles eût pleuré son enfant mort pour le service du roi. Virgile a eu soin aussi de ne pas amener la mère de Pallas auprès de son cadavre ; il sait que la douleur maternelle ne saurait garder ces ménagements respectueux : il nous avertit par la bouche d'Evandre qu'elle avait devancé son fils dans la tombe. Le vieux trouvère est à la fois plus héroïque et plus naturel. Il insiste sur les exploits de Pallas. Les Troyens qui accompagnent son corps montrent au roi avec orgueil les prisonniers qu'il a faits, les armes et les chevaux qu'il a enlevés aux ennemis; ils comptent ses « chevaleries. » Du discours d'Evandre le poëte français n'a gardé que sa douleur d'avoir trop vécu, et il a transporté ici la peinture qu'avait donnée Virgile de la douleur de la mère d'Euryale en la faisant bien autrement emportée et violente. La mère de Pallas maudit les Troyens, elle éclate en reproches et en outrages. « Maudite soit la venue des Troyens ; jamais d'eux je n'ai ouï si ce n'est mal, fausseté et trahison. Leur perfidie nous a perdus ; ils ne vous ont porté que mauvaise foi. » Elle maudit les dieux qui n'ont pas su défendre son fils ; elle renonce à leur culte, elle doute de leur puissance ; l'emportement de son chagrin va jusqu'au blasphème. « Jamais je n'adorerai un seul dieu, ni ne leur ferai plus honneur. Jamais ils n'auront de moi service. Ils m'ont mal payé les sacrifices que je leur faisais chaque jour. Ou ils ont été endormis, ou ils n'ont entendu mes prières, ou ils ne peuvent sauver personne, ni défendre une vie ; ils ont tristement montré qu'ils ne peuvent néant. »

Mais ce n'est pas la seule addition que l'auteur du XIIe siècle ait faite ici à son texte. Virgile, plus empressé de parler au cœur qu'aux yeux, n'a pas songé à décrire la sépulture de Pallas. Le poëte du moyen âge, qui ne laisse échapper a cune occasion de décrire, nous peint le caveau où on a placé le cercueil ; il compte « les piliers dorés, les tabernacles, les œuvres de peintures, les bonnes entaillures, les carreaux de marbre taillés à bêtes et à fleurs. » Il nous décrit les quatre lionceaux qui supportent le cercueil, le pavé de cristal et d'ivoire, le toit d'ébénus, l'aiguille argentée qui le surmonte, ornée d'un pommeau sur lequel est un oiseau d'or fin, et la lampe où brûle une pierre merveilleuse, le besto (*sic*), que rien ne peut éteindre, et qui ne se consume pas. Il raconte l'embaumement de Pallas, et nous rapporte l'inscription qu'on a gravée sur le bord du couvercle de la tombe. L'histoire de Camille présente des embellissements analogues.

Nous avons signalé en débutant l'allure toute nouvelle que, sous l'influence des mœurs de son temps, le poëte donnait aux discours qu'il emprunte du latin. Cela se marque d'une façon piquante dans son récit de l'altercation entre Turnus et Drancès. C'est un de ceux où l'on sent le mieux la différence des mœurs, où l'on voit combien celles du XIIe siècle sont plus rudes, et en même temps plus franches et plus naturelles. Le ton, dans le poëte latin, est plus oratoire ; ici il est plus familier et plus personnel encore ; l'auteur a coupé davantage le dialogue, et lui a donné plus de vivacité et de mouvement. Du discours de Turnus il n'a gardé que les outrages à Drancès, qu'il s'est plu à amplifier. Il en a fait une longue raillerie surabondante, excessive, brutale ; Turnus se gausse à souhait de son adversaire. La scène est prise sur le vif : c'est ainsi, avec ce sans-façon et cette verve gouailleuse que discutaient les barons français des croisades. « Par vous je conquerrai petitement. Encore est tout sain votre écu qu'en bataille on n'a pas vu. Si nous avions plaids à tenir, vous vous y feriez bien entendre. Vous vous défendriez contre tous; vous y seriez moult preux. Mais là où l'on se doit combattre, vous ne voudriez pas vous exposer. Tel s'y engage qui le paie chèrement. Des enfants de votre mère il ne reste plus que vous, gardez-le bien. Bataille à faire n'est pas santé. Vous n'êtes ni musard, ni fou. Car si vous ne craigniez les coups, je crois bien que vous iriez en avant, et frapperiez dès maintenant, si ceux à qui vous vous combattriez avaient tous les poings liés. Vous avez acheté cher vos armes, vous faites bien de les garder précieusement. Si votre écu était percé, vous en auriez dommage. Tant que vous le garderez ainsi entier, vous n'aurez pas à le changer. Vous avez un cheval qui sait bien courir, il n'est plus rapide en toute l'armée. Mais vous l'avez si bien dressé, que, s'il voit des armes, il est tôt rétif. Mais il est bien instruit à fuir; il n'y craint pas de rival. Quand les choses tournent mal, plus tôt fuyez que chien en lesse. C'est avec la langue que vous combattez. »

Le trouvère semble plus favorable à Drancès que ne l'a été Virgile. Il nous dit qu'il n'y avait plus sage en la cour, ni qui sût mieux donner un loyal conseil; seulement il se piquait peu de chevalerie. Il n'a pas ici les habiletés de parole, les savantes perfidies du Drancès latin; il est plus franc et plus provoquant vis-à-vis de Turnus. Il confesse naïvement l'intérêt qu'il prend à sa propre personne, mais il démasque avec un brutal bon sens ce qu'il y a d'égoïsme dans l'héroïsme de Turnus. « Il proclame, dit-il, que puisque Latinus lui a donné sa fille et sa terre, il entend n'y pas renoncer, et Enée ne pourra la conquérir que mainte gent ne le paie chèrement. Avant en mourront des milliers d'hommes. Il les met aisément en jeu, car ils ne lui coûtent rien. Il ferait deuil petit si nous y restions tous. Peu lui importerait qui y pérît, pourvu qu'il eût en paix le fief. » Et quand Turnus l'a accusé de lâcheté, il lui répond qu'il se pique peu d'héroïsme pour une affaire qui le touche aussi médiocrement. C'est à celui-là de faire œuvre de prouesse qui doit en recueillir le profit. « S'il en peut garder son corps, il ne s'y laissera pas prendre; » il sait que s'il y restait, « le deuil en serait bientôt pleuré » Si jusqu'ici, ajoute-t-il, « j'ai su m'en garder, je le ferai mieux encore désormais. » Il déclare au roi avec plus de franchise encore que Turnus peut aller chercher sa femme et son fief sur le champ de bataille en face d'Enée. Quant à nous, dit-il en finissant, je te le déclare, « nous n'octroyons pas que personne y meure plus, sinon eux deux. »

Nous retrouvons encore une fois les deux adversaires en présence aux portes de la ville. Turnus apostrophe son ennemi; mais il n'a pas le dernier mot : Drancès lui riposte avec une nouvelle verve. L'auteur semble prendre parti pour lui ; c'est une protestation du bon sens gaulois qui trouve assez mauvais que les petits fassent toujours les frais de l'héroïsme et de la gloire des grands. Que de fois les pauvres gens dont on faisait des héros à leur corps défendant n'ont-ils pas dû dire avec le poëte : « Par votre corps faites la guerre ; mais de ce n'avez nul désir, vous voulez la faire par la main des autres... Ce n'est pas jeu de vous en aller combattre tout seul. Tant que vous trouverez gens à séduire qui se laissent tuer pour vous, vous n'irez pas en avant à la bataille... Vous faites comme le vilain qui pousse son chien là où il n'oserait aller pour rien au monde. Vous voulez, par la main d'un autre, tirer le serpent du buisson. Je ne battrai pas les buissons pour que vous en recueilliez les profits. »

Je ne veux pas pousser plus loin ces rapprochements. Je veux seulement, pour finir, détacher du poëme un épisode qui y tient une grande place et qui appartient tout entier au trouvère. Il rencontrait dans les derniers livres de l'Enéide le nom de Lavinie. Virgile s'est contenté de la nommer, sans songer à lui faire une histoire. Ce n'est pas l'amour qui conduit Enée auprès d'elle, c'est la volonté des dieux et l'ordre immuable des destins. Mais le poëte français a trouvé qu'il y avait là une lacune, que ses auditeurs regretteraient le *Roman de Lavinie*, et il a voulu suppléer au silence du poëte latin. Sur ce nom seul il a bâti toute une longue histoire. Quand Lavine (Lavinie) paraît pour la première fois dans le poëme, nous n'en avions pas encore achevé les quatre cinquièmes, désormais il sera rempli tout entier par elle ; c'est à elle que le poëte rapportera tous les événements, modifiant ainsi complétement l'*Enéide* et lui donnant un dénouement tout nouveau.

Le trouvère a su fixer cette fugitive apparition qu'on entrevoyait à peine dans le livre latin, l'animer et lui donner une physionomie très-individuelle. C'est là que, n'étant gêné par aucun souvenir, il dissertera librement sur la puissance et les effets de l'amour, qu'il peindra avec délicatesse, parfois même avec subtilité, les troubles et les agitations de deux cœurs, qu'il tracera un portrait original.

Lavine nous représente l'ingénue au moyen âge, une Agnès du XIIe siècle. Nous avons là un gracieux et piquant portrait de la jeune fille qui ignore tout encore, mais qui a la meilleure volonté de tout savoir, qui écoute avidement, et à qui déjà son cœur en dit davantage, timide et rougissante, et pourtant déjà prête aux plus grandes audaces, et, par sa naïve témérité, déjouant toutes les surveillances.

On peut dire qu'il y a plusieurs ingénuités, ou plutôt qu'il y a plusieurs façons de la peindre : il en est deux surtout; l'une qui lui est sympathique, l'autre maligne, qui s'en amuse ; l'une préoccupée surtout de nous dire ce qu'elle est, l'autre de chercher comment elle se dissipe; l'une montrant la pureté, la chasteté, l'innocence de l'ingénue, l'autre ses curiosités, les embarras où elle jette celle qui la possède, ses ruses, ses roueries naïves ; la façon de l'idylle et la façon de la comédie. La première essaye de remonter à l'enfance de l'humanité, à l'heureuse innocence du monde naissant ; elle indique chez ceux qui essayent une telle peinture une simplicité d'âme réelle ou laborieusement retrouvée par un savant effort d'imagination ; l'autre appartient à des temps civilisés, où l'on aime beaucoup les femmes, où on les estime assez peu, tout en les adorant, où on les regarde comme des êtres dangereux et charmants, et surtout perfides, prêts à tomber dans tous les piéges comme à les tendre tous ; où l'on se plaît à étudier le premier éveil de cette malice, de cette adresse, sous les apparences de la simplicité et de l'ignorance absolue. On pourrait dire que, dans notre littérature, la première de ces images, qui est l'innocence plutôt que l'ingénuité, n'a été tracée qu'une fois, n'a été peinte qu'une fois, lorsque le XVIIIe siècle, blasé, essayait savamment de revenir à la nature ; ce fut la gloire d'un élève de Rousseau. Au contraire, de tout temps, en France, on s'est complu dans l'autre peinture, on l'a fait avec plus ou moins de sympathie, plus ou moins de malice. Molière est dans le premier cas ; dans une pièce d'une grande gaieté, avec cette enfant gauche et ignorante qui pourrait être si aisément ridicule, il trouve moyen de nous attendrir presque pour elle, et, dans un rôle dont les situations sont des plus scabreuses, il garde à sa peinture une remarquable délicatesse. Le XVIIIe siècle y porte un esprit différent et y prend un plaisir extrême, plaisir de libertin blasé, qu'affriande la très-grande jeunesse. On retrouve l'*ingénue* dans tout le théâtre de Favart, dans la *Chercheuse d'esprit*, dans *Annette et Lubin*, etc. ; elle est dans presque tous les tableaux de Boucher. Le poëte du XIIe siècle y met surtout de la malice et de la gaieté, avec les couleurs de son temps, une franchise de désir quelque peu brutale, une impétuosité de sens qui se révèle dans la liberté du propos et des pensées, un sentiment tout physique de l'amour.

Un jour, Amata, qui, dans Benoît comme dans Virgile, favorise Turnus, est seule avec sa fille. Elle veut s'assurer de l'état de son cœur ; elle craint qu'il ne se soit laissé prendre aux séductions de l'étranger. Elle lui dit qu'elle doit détester celui qui prétend la ravir par la violence à l'époux qui lui est promis et qui se jette pour elle en de tels périls : elle veut savoir s'il est aimé de Lavine. Mais Lavine ne sait ce que c'est que l'amour et le demande à sa mère,

Celle-ci évite d'abord de répondre ; enfin « ton cœur, dit-elle, t'apprendra à aimer. » Cependant comme la jeune fille insiste, elle lui répond qu'on ne peut en parler sans l'avoir senti, « que celui-là seul peut bien parler d'un mal qui en est souffrant. — Amour est donc une maladie, demande Lavine. — Nenil, mais bien petit s'en faut, répond Amata, qui semble oublier quelque peu qu'elle plaide pour l'amour de Turnus, fièvre quartaine vaut ; pire est amour que fièvre aiguë. D'amour convient souvent suer et refroidir, frémir, trembler et soupirer, et perdre tout boire et manger, etc. » A cette peinture médiocrement séduisante Lavine s'écrie qu'elle ne veut point être malade. En vain sa mère ajoute : « c'est un mal il est vrai, mais un mal plein de douceur. » « Onc de bon mal n'ouïs parler, » répond la jeune fille. La reine insiste, elle veut lui faire entendre qu'Amour guérit les maux qu'il a faits, qu'à ses douleurs mêmes sont mêlées des douceurs infinies. On voit ici qu'Amata a lu Ovide et le récit des malheurs de Daphné. « Regarde, dit-elle, au temple, comme Amour est peint subtilement, et tient deux dards en sa main droite et une boîte en la gauche ; l'un des dards a une pointe d'or qui fait aimer, l'autre de plomb qui fait haïr. » Mais elle étale en vain toute son éloquence, et les distinctions subtiles et les ingénieuses antithèses qu'on a si souvent brodées sur ce thème, Lavine répond que c'est assez pour elle de l'entendre nommer.

Mais bientôt ses résolutions vont changer, et l'auteur a tracé ici, d'une façon assez piquante, comme une contre-partie de la scène précédente. Ce doux mal qu'elle ne voulait pas connaître quand il était question du protégé de sa mère, elle va le sentir pour un autre. Enée, suivi d'un brillant cortége, est venu, sans armes, caracoler sous les murs de Laurente. A sa vue, le cœur de la jeune fille s'est ému ; l'amour tout à coup s'est emparé d'elle : le roman a déjà inventé le coup de foudre.

Le personnage pour lequel Lavine s'est si vite enflammée ne peut être évidemment celui qu'a peint Virgile. Son Enée ne saurait être le héros d'un roman de jeune fille. Aussi le trouvère n'a-t-il pas cru devoir garder les trois traits principaux que lui a donnés le poëte latin « *pius, pater, lacrymans.* »

C'est avec raison qu'on marquait tout récemment encore tout ce qu'il y a de vraiment romain dans le caractère d'Enée tel que l'a tracé Virgile. Si ce don des larmes qu'il lui a fait a été rare dans Rome et appartient au poëte plutôt qu'à la nation, les deux épithètes de *pius* et de *pater* qu'il lui donne sans cesse sont bien celles au contraire qui conviennent au premier représentant de cette race éminemment religieuse et pénétrée de l'esprit de famille. Enée est investi d'une grande mission des dieux ; il ne néglige aucune occasion de rentrer en communication avec eux, en célébrant les cérémonies de leur culte. Il est le père des Romains, le père par excellence. Pour bien comprendre toute la valeur de cette épithète si souvent accolée à son nom comme à celui d'Anchise et qui n'est pas seulement un terme de vénération, il faut se rappeler cette expression toute romaine, *pater familias*, autorité et religion, le père de famille, chef d'une *maison*, roi et pontife chez lui. Ce titre de père donné à Enée, c'est l'hommage des descendants à l'auteur de leur race, au fondateur de leur puissance; Enée est le chef de la grande famille romaine, l'ancêtre.

L'auteur de l'*Eneas* a gardé à son héros cette extrême sensibilité que lui avait donnée Virgile et qui ne devait pas étonner les lecteurs dans un temps où l'on n'avait pas appris à refouler ses sentiments, où les libres manifestations de la nature n'étaient pas regardées comme une faiblesse. Les personnages poétiques du moyen âge sont aussi *naturel*, en ce point, que ceux de la tragédie grecque, et l'histoire est, sur ce point, d'accord avec la poésie. Nous voyons dans Villehardouin, les envoyés des croisés se jeter à genoux avec larmes pour demander l'aide des Vénitiens. Aussi Enée pleure-t-il ici aussi souvent que dans Virgile. Il pleure lorsqu'il lui faut se séparer de Didon et qu'il entend ses reproches sans pouvoir se défendre; il pleure en quittant Anchise; il pleure quand il prend congé de son fils pour aller chercher les secours d'Evandre; il pleure, et d'une façon touchante, Pallas mort pour lui. Quand, après le premier repas des Troyens en Italie, il a entendu la parole fatidique d'Ascagne, il « pleure de joie et de léesse. » Turnus, du reste, n'est pas moins sensible qu'Enée. Il « se pâme en pleurant » quand il apprend la mort de Camille. Mais Benoît a supprimé la piété de son héros, probablement parce qu'elle se traduisait en des manifestations religieuses qui lui étaient étrangères.

Il supprime le titre de père parce qu'il n'a pas la reconnaissance filiale et patriotique de Virgile.

Je ne vois pas, il est vrai, qu'il ait songé à le faire jeune; mais il lui a donné tous les mérites chevaleresques. C'est un vaillant et puissant homme de guerre. Quand il a conquis le cheval de Lausus, il bondit en selle tout armé. Il est beau, et sa beauté efface celle de tous les Troyens. Dans Virgile, cette beauté lui était communiquée à certains moments et par un don particulier de Vénus ; ici, il est toujours le plus beau des hommes. A Carthage, tout le monde l'avait reconnu à sa fière mine ; quand il paraît sous les murs de Laurente avec les siens, les assiégés admirent la belle prestance des Troyens, la richesse de leurs vêtements et de leurs armures. « Mais tous les passe de beauté Eneas qui leur seigneur était; chacun le loue qui le voit; ils disent qu'il est moult gent et beau, ils en font grand éloge par les créneaux. » C'est sa beauté aussi qui frappe d'abord Lavine.

Il a toutes les perfections amoureuses que réclamait la chevalerie, et c'est même pour cela sans doute que le poëte, qui, pour être fidèle à son original, avait été obligé, en racontant son aventure avec Didon, de le peindre dans une situation essez embarrassée, a tenu à honneur, en peignant à loisir sa passion pour Lavine, de lui rendre tout son prestige.

Lavine, en le voyant, s'est sentie brûler et transir : les développements du poëte rappellent la pièce fameuse de Sapho, dont il a trouvé l'écho dans la littérature latine. La jeune fille écoute avec inquiétude les mouvements de son cœur. « Serait-elle donc atteinte de ce mal dont lui parlait sa mère? » Et, dans un monologue de plus de deux cent cinquante vers, elle se plaît à analyser ses sensations nouvelles. L'art plus savant de Molière s'est bien gardé de tracer un semblable tableau; son ingénue l'est plus complétement et plus délicatement; il faut qu'Arnolphe l'éclaire sans cesse sur ce qu'elle éprouve, la force à se l'avouer et à l'avouer tout haut. L'amour s'empare d'elle sans qu'elle le sache et sans qu'elle le dise.

L'ingénuité de Lavine a plus conscience d'elle-même; elle est plus causeuse, et elle cause avec bel esprit. Elle se souvient de ce que lui a dit sa mère, et son inquiétude joue avec ces souvenirs. « Je sens les maux et les douleurs d'amour que m'a dits ma mère. Où est le soulagement, la boîte et le baume? La reine me disait hier qu'amour porte sa guérison et qu'il panse doucement la plaie qu'il fait; je crois que la boîte est perdue ou que le baume salutaire est répandu. » Elle a voulu se soustraire à l'amour, l'Amour se venge d'elle. Il l'a frappée de la flèche d'or qui fait aimer. Il a frappé sans doute Enée du dard de plomb qui fait haïr. « Or jà je sais assez d'amour... Bien en suis savante, bien y vois. Amour à l'école m'a mise; en peu d'heure m'a bien instruite. Amour, moult bien sais ma leçon. Or tu ne m'as lu que mal, du bien tu me devrais enfin lire. » Le poëte se plaît à cette idée de peindre l'écolière d'amour; il va dans un instant mettre de nouveau des idées semblables dans la bouche de Lavine, mêlant l'esprit à la naïveté. Elle ne peut cependant se faire d'illusion; elle se sent toute changée, et pâlie, et décolorée. L'œil de sa mère ne pourra s'y tromper. Si elle l'interroge, elle ne veut pas mentir, elle lui confessera qu'elle aime; mais comment nommer celui-là même qu'elle lui a défendu d'aimer? Sa mère la tuera. Que lui importe, après tout? Elle ne voit plus à son tourment d'autre remède que la mort.

Mais Enée ne soupçonne pas combien il est aimé. Les sensations des personnages de la poésie du XIIe siècle sont aussi violentes que rapides ; Lavine, le voyant s'éloigner sans jeter même un regard de son côté, se désole et tombe évanouie. « Il a emporté mon cœur, s'écrie-t-elle en revenant à la vie. »

Après une nuit d'insomnie et d'agitations plus naïvement peintes encore que ne l'étaient celles de Didon, la fille et la mère se retrouvent en présence. Amata a remarqué sa pâleur. L'enfant dit qu'elle a eu la fièvre. Mais la reine ne saurait s'y tromper ; elle a « reconnu cette plainte et ces soupirs qui si longs sont : d'amour viennent, de moult profond. Plaintes et soupirs qui d'amour viennent sont tirés de loin, près du cœur ils viennent. Fille, tu aimes, ce m'est avis. » Mais elle ne la blâme pas d'aimer Turnus ; Lavine s'en défend. Et qui donc aime-t-elle ? « Vous avez oublié la première question, à savoir si j'aime ou non, » répond l'enfant, décidée à lutter pied à pied. Mais la reine a reconnu « le mal, qui n'est pas mortel, et qui, au contraire, fait vivre ; » et, à force de presser sa fille et de lui demander le nom de celui qu'elle aime, elle parvient à le lui arracher lettre par lettre, syllabe par syllabe.

Mais si elle a livré le secret de son amour, elle le défend vaillamment ; elle déclare hautement à sa mère que Turnus ne sera jamais son seigneur, qu'elle a octroyé son cœur à Enée.

Demeurée seule, elle reste les yeux fixés sur sa tente. Son cœur est livré à de terribles combats. Sans doute Enée ignore sa tendresse ; elle voudrait la lui faire connaître. On voit que l'ingénue du XIIe siècle est bien plus hardie que celle du XVIIe ; c'est elle qui fait les avances : telle semble être la jurisprudence amoureuse du moyen âge. Agnès, dans Molière, répondra naïvement aux provocations d'Horace, mais elle ne les cherchera pas, elle ne les fera pas naître. Ici, c'est à Lavine qu'appartient toute initiative. Mais que faire ? Portera-t-elle elle-même son message ? Elle sent bien qu'Enée la mépriserait. Attendra-t-elle que la bataille ait décidé à qui elle appartiendra ? A cet égard elle n'a pas d'inquiétude ; si Enée est vaincu, elle est toute résolue au suicide, comme une héroïne de roman du XIXe siècle : « Je me tuerai, je n'en sais plus. » Mais si Enée savait combien elle l'aime, n'en serait-il pas plus hardi au combat ? On sait, en effet, que le moyen âge professe que le chevalier aimé d'une dame en sent doubler son courage. Lavine se décide donc à lui adresser un message. L'invention est piquante et ingénieuse. Comme Enée s'approche de la ville et s'est arrêté en face de la tour à la fenêtre de laquelle est assise la jeune fille, « elle a pris encre et parchemin, et a écrit tout en latin, puis elle plie l'écrit très-serré, le prend et l'a mis tout autour d'une flèche barbelée... avec un fil étroitement le lia, et un archer en appela. » Ce moyen de communication est familier au moyen âge. C'est ainsi que souvent, du camp des assiégeants, un ami inconnu a fait passer un utile avis à une place attaquée ; mais le procédé de l'ingénue est plus ingénieux et plus compliqué. « Ainsi, dit-elle à l'archer, tire-moi vite une flèche à ces hommes sous la tour. Ils sont là guettant tout le jour ; je crois que ce sont leurs espions. Si les trêves venaient à faillir, ils cherchent les côtés faibles de nos remparts, le point par où ils pourraient nous prendre. » Et comme l'archer se défend, disant qu'il ne veut pas violer la trêve solennellement jurée : « Tu peux le faire en toute sûreté, dit-elle. Je ne te demande pas de tirer à eux pour blesser personne, mais seulement pour les éloigner. Tire devant eux, qu'ils voient la flèche. Peu importe qu'ils s'en effrayent ; pourvu qu'aucun ne soit blessé, tu auras bien travaillé. » On voit que l'ingénue du XIIe siècle a autant de ressources en l'esprit que celle du XVIIe. Cet ingénieux procédé de correspondance, et ces précautions habiles font songer au pavé d'Agnès ; Molière ne se doutait pas sans doute qu'il n'était que le plagiaire d'un trouvère du temps de Philippe-Auguste.

L'ingénuité de Lavine ne se contente pas de cett· déclaration par écrit ; du haut de sa tour elle y joint quelques démonstrations significatives ; le poëte n'a pas manqué de nous dire la façon dont Énée les reçoit. Ce qu'il croit devoir à sa réputation de courtoisie, son double manége pour témoigner à Lavine sa joie et pour la cacher à ses compagnons, l'inutilité de ses précautions et les railleries des Troyens, la liberté familière dont elles témoignent, tout cela constitue une scène de mœurs des plus originales, où Virgile aurait eu peine à reconnaître le fondateur de la grandeur romaine, mais qui s'accordait bien avec l'idée que le moyen âge se faisait des perfections d'un prince fidèle à toutes les lois de la chevalerie.

Je n'ai pas la pensée de suivre toutes les péripéties du récit du trouvère, de redire après lui le trouble des deux amants, l'insomnie et la pâleur d'Enée, les inquiétudes de Lavine, qui craint de n'être pas aimée, sa douleur et les reproches qu'elle s'adresse à elle-même quand elle voit qu'elle l'a calomnié, leur ravissement enfin quand ils sont sûrs de leur tendresse réciproque. Il convient seulement de noter comme l'entrée de Lavine dans le poëme en a modifié tout le dénoûment. Dans Virgile tout est terminé avec la mort de Turnus. Ici, après une série d'incidents qui, sauf les altérations familières au trouvère, rappellent assez exactement le douzième livre de l'*Enéide*, Enée a triomphé de son adversaire à peu près dans les mêmes conditions. Mais tout n'est pas fini encore. La question politique est réglée ; mais un cœur ne peut pas se livrer aussi brusquement, et pour le vieux trouvère l'histoire de Lavine et d'Enée est pour le moins aussi intéressante que celle de la conquête du Latium. Turnus mort, le traité a été loyalement accompli : les « barons » latins ont prêté hommage à Enée; le roi Latinus lui a promis que dans huit jours il épouserait Lavine ; Enée, par discrétion, s'est éloigné sans chercher à la voir. Ce prompt départ a troublé la jeune fille. Le poëte peint ici une évolution de sentiments assez naturelle et l'ingénuité punie par elle-même. Dans le premier élan de sa jeune tendresse, et sous l'impulsion du danger, Lavine a laissé parler son cœur; elle a confessé à Enée son amour. Aujourd'hui que la victoire l'a mis en possession de son héritage et de sa main, elle commence à se troubler. Elle craint le jugement qu'il aura pu porter de sa démarche; ne va-t-il pas la croire légère et prompte à changer, « nouvellière d'amour, » dit le texte, et douter d'elle pour l'avenir? Enée n'est pas moins inquiet; il se reproche amèrement ce retard qu'il ne peut imputer qu'à lui-même et qui peut sembler une marque de froideur. Le vieux poëte, qui aime fort à causer, n'a pas donné moins de cent soixante vers à ces lamentations et à cette douleur. Enfin, ces huit jours sont écoulés, rien ne s'oppose plus au bonheur des deux époux. On nous peint leurs transports ; le poëme, cette fois, est bien terminé. L'auteur se contentera de résumer en quelques vers les grandes destinées de l'empire fondé par son héros.

On voit ce que le poëte du douzième siècle a fait de l'*Enéide*, ce qu'il en a pris et ce qu'il en a laissé, ce qu'il a osé y ajouter. Le caractère religieux du poëme a disparu, la majesté romaine également; de l'antique épopée, le trouvère a fait un conte et un roman. Grâce à l'*Eneas*, toute cette foule du moyen âge, qui n'entendait pas le latin, connaissait les principales inventions de Virgile, mais elle ne connaissait pas l'âme de Virgile, ni le génie poétique de Virgile.

II

A côté de l'*Eneas* vient se placer le *Roman de Thèbes*, imitation de la *Thébaïde* de Stace. On sait quelle vénération Stace professait pour Virgile. Le moyen âge, sans s'inquiéter des distances marquées par le poëte lui-même, avait fait au livre de l'élève le même honneur qu'au chef-d'œuvre divinisé par lui.

Le *Roman de Thèbes* offre à peu près les mêmes caractères généraux que l'*Eneas;* il s'en inspire évidemment. Le procédé est le même des deux côtés. Ici comme là, le trouvère suit un modèle latin dont il reproduit le plan, la marche et les principaux incidents. Mais il en use assez librement avec lui; et l'auteur anonyme du *Roman de Thèbes* va même en ce point beaucoup plus loin que son prédécesseur : on dirait parfois qu'il n'a pas sous les yeux le texte original et qu'il écrit avec ses seuls souvenirs. Il choisit à sa guise, il abrége ou supprime tel passage, il allonge tel autre : il introduit dans l'épopée antique des épisodes qui portent l'empreinte de son temps ; enfin, à ce qu'il conserve et croit rendre fidèlement il donne une physionomie absolument différente ; on voit que le sentiment chrétien et l'esprit moderne ont passé par là.

En général, il abrége ce qu'il emprunte à l'auteur latin. Les batailles de Stace, imitateur d'Homère et de Virgile, sont pour ainsi dire touffues ; l'auteur entasse les incidents ; les exploits des principaux personnages se multiplient, et autour d'eux se presse une foule de guerriers qui tombent sous leurs coups ou se frappent les uns les autres. Le trouvère semble craindre que l'attention de son auditoire ne s'égare au milieu de ces détails si abondants ; il ramène à deux ou trois événements les complications de chaque bataille. Il vous dira même sommairement que tel héros immola beaucoup d'ennemis ; il semble qu'il craindrait de s'attarder s'il retraçait en détail ses exploits.

Comme le faisait l'auteur de l'*Eneas*, l'auteur du *Roman de Thèbes* dessèche le récit original et en efface toute poésie. Procédant surtout par élimination, il supprime les comparaisons, si abondantes et si riches dans Homère et dans ses imitateurs ; Stace refuserait de se reconnaître dans cette prétendue traduction d'où l'on a retranché tout ce qui lui était le plus cher. Il supprime les images et tout ce qui était vie et détail heureux ; il ne garde que le strict nécessaire, le fait dépouillé de toute parure. Il néglige tous les détails mythologiques, les généalogies, les traditions, tous ces embellissements d'érudition qu'un poëte d'une époque classique, un André Chénier, par exemple, conserverait avec soin, mais qui auraient été lettre close pour les auditeurs du trouvère. Enfin il supprime à peu près le surnaturel. Les dieux ne sont pas aussi complétement bannis du *Roman de Thèbes* que du *Roman de Troie*. Mais l'auteur, nous le verrons, les a relégués dans un coin de son poëme, et, pas plus que dans l'*Eneas*, ils n'ont d'influence sur la marche générale de l'action ; il se contente de faire en quelque sorte allusion à celle qu'ils ont dans l'original. Les messagers divins ont aussi disparu ; toute communication est supprimée entre le ciel et la terre, le poëme est devenu histoire.

Cette disparition du surnaturel change parfois singulièrement les conditions où se trouvent placés les personnages. Ainsi, dans la *Thébaïde*, Bacchus, voulant sauver sa ville natale menacée de destruction, déchaînait sur la terre une épouvantable sécheresse : les ruisseaux, les fleuves mêmes étaient taris. On comprend moins le désespoir des Grecs quand nous voyons le trouvère qui, sans doute en sa qualité de fils du Nord brumeux, trouve déjà la chose énorme, se contenter de nous dire que la terre est un mois sans recevoir de pluie.

En de rares occasions, le poëte remplace le merveilleux païen par un autre plus familier à son temps. Les fées prennent la place des dieux, mais sans avoir ici, plus que dans l'*Eneas*, une part active dans les événements. Elles étaient là quand fut forgée l'épée de Tydeus. Stace avait dit seulement que c'était un présent martial du grand OEneus ; le trouvère ne se contente pas à si peu de frais : « L'épée que lui donna OEneus quand il l'adouba, ni fer ni acier ne la peut retenir. Jamais chevalier n'eut si bonne. Galanz le Fèvre (le forgeron) la forgea, et Vulcanus la charma ; il y eut trois déesses au tremper, et trois fées au féer ; elle était fée en telle manière... que qui en sera frappé, de la plaie jamais ne guérira. »

Il écarte avec soin tout ce que ses auditeurs ne comprendraient pas, tout ce qui est en dehors de leurs habitudes. Quand il a raconté la mort d'Archemorus et redit fort longuement le combat des Grecs contre l'énorme serpent qui l'a dévoré, parce qu'il y a là un de ces récits singuliers qui amusent le moyen âge, il ne dit mot des cérémonies expiatoires et des honneurs presque divins rendus à l'enfant. Il borne à cent cinquante vers la description des jeux qui tenait tout un livre de Stace, et en élague sur sa route incidents et péripéties. Il ne donne qu'une vingtaine de vers au récit du crime des Lesbiennes, auquel l'auteur latin en avait consacré cinq cents.

Il réduit à quelques lignes et à quelques noms le long et pompeux dénombrement que, fidèle aux habitudes de l'épopée classique, Stace faisait des chefs de l'armée grecque. Nous ne trouvons plus ici que Parthonopex, « la plus belle créature que nature ait faite en ce monde, Ypomedon, Capaneus le Grand, qui fut du lignage aux Géants, » Amphiaras, que Stace aurait peine à reconnaître dans ce portrait : « C'était un archevêque moult courtois ; il était maître de leur loi ; du ciel savait tout le secret. Il prend réponses (oracles) et jette sorts, il fait revivre hommes morts. De tous oiseaux il sut le latin ; sous le ciel il n'y eut meilleur devin. »

Grâce à ces réductions et à ces suppressions, le récit de Stace se trouve fort abrégé. Le trouvère supplée à ces lacunes par des additions de diverses sortes, les unes nécessaires à l'intelligence de son œuvre, les autres sorties de sa seule fantaisie.

Comme l'auteur de l'*Eneas*, il ajoute un préambule à l'œuvre qu'il imite, mais en donnant à ce préambule une plus grande étendue. La Thébaïde commençait à la malédiction lancée par OEdipe sur ses fils. Le trouvère a pensé que ses lecteurs avaient besoin d'un supplément d'instruction, et il raconte au début de son poëme toutes les aventures du fils de Laïus, l'oracle menaçant, l'exposition, la rencontre du sphinx, l'union incestueuse avec Jocaste, la reconnaissance ; on peut voir ici ce que devient Sophocle au XIIe siècle. Toute cette histoire était, du reste, très-populaire au moyen âge, qui en a fait les honneurs tour à tour au pape Grégoire et au Judas des Mystères. Ici, le sphinx, dont le nom est devenu Pyn, est un diable, Astaroth « d'enfer maître connétable. » L'histoire a paru si belle et si piquante au trouvère, qu'il l'a reproduite à deux fois avec « la devinaille » proposée. La seconde fois, le démon a pris « la figure d'une vieille, immense et hideuse, » qui, se plaçant sur le passage de l'armée d'Adrastus en une gorge étroite et horrible, qu'un enfant de quatorze ans défendrait seul contre mille géants, ne laissera passer les Grecs que lorsqu'ils auront deviné l'énigme. Tydeus enfin devine, et la vieille « aussitôt se pâme, et devant les barons tombe morte. »

Parfois il ajoute de longs épisodes, qu'il emprunte tout entiers aux choses de son temps. Ainsi quand il nous a dit, d'après Stace, que Ypomédon (Hippomédon), a remplacé Tydeus dans le commandement des Grecs, il nous raconte avec d'amples détails une expédition entreprise par le nouveau chef pour ravitailler l'armée, et dans l'impression générale du récit on retrouve un souvenir saisissant des Croisades et de ces grandes famines qui trop souvent avaient décimé les armées chrétiennes. Et à cet épisode il en rattache tout de suite un autre bien plus étendu. C'est l'histoire d'un « baron » du roi Etiocles (Etéocle), auquel a été confiée la garde d'une des tours de la ville et qui la livre pour racheter son fils prisonnier. Mais comme c'est, au dire du poëte, « un homme habile, qui a vu maintes cours et sait beaucoup de choses, » il veut, avec un judaïsme naïf, tout en violant le serment prêté à son suzerain sur les saintes reliques, mettre de son côté, comme un autre Shylock, sinon le droit, du moins l'apparence et la lettre. Il y a là une image curieuse de la justice et de la moralité féodales, de l'indépendance des vassaux et de l'appui que, en cas de résistance, ils sont toujours sûrs de trouver chez leurs pairs.

Mais le trouvère n'invente pas toutes ses additions ; il en est qu'il emprunte à ses souvenirs, à la chanson de Geste ou au roman antique de Benoît de Sainte-More. C'est chez le dernier qu'il a pris le goût des détails géographiques et des riches descriptions ; celle de Thèbes, celle de la tante d'Adrastus et du char d'Amphiaraüs rappellent tout à fait certaines pages du *Roman de Troie* et de l'*Eneas*. Il lui doit enfin des développements d'un autre genre. Après les galantes imaginations du trouvère normand, l'amour devait avoir sa place dans tous les poëmes inspirés de l'antiquité ; il ne pouvait pas plus y manquer que dans une tragédie du XVIIe siècle. Il figure en effet dans le *Roman de Thèbes*. Toutefois, l'imitateur, en nous racontant les tragiques amours des filles de Jocaste, n'a pas su retrouver la variété et la richesse d'invention de son modèle. Les malheurs d'Antigone et d'Ysmaine (*sic*) tiennent une place médiocre dans le poëme. On nous dit bien qu'elles sont belles toutes deux. « Ni en fable ni en chanson on ne saurait trouver beauté comparable à la leur. Ysmaine est aimée d'un jeune Thébain nommé Athès. L'amour d'Antigone est né dans des conditions plus dramatiques ; elle donne son cœur à un ennemi de son pays, au jeune Parthonopex, le plus beau des Grecs. Antigone et lui semblaient faits l'un pour l'autre, « car tous deux étaient d'un même âge, d'une beauté et d'un cœur. » Ils se sont aimés dès qu'ils se sont vus, et ils se sont vite fiancés Les amours d'Antigone comme celles d'Ysmaine ont un dénoûment tragique ; toutes deux sont condamnées à voir leurs amants périr sous leurs yeux. Le poëte nous montre Antigone assise auprès d'une haute fenêtre regardant avec angoisse la lutte qui va s'engager entre son frère et son fiancé. La situation est des plus touchantes : « elle les vit l'un vers l'autre chevaucher : elle ne sait lequel elle a le plus cher ; elle sait seulement en son cœur qu'elle ne demeurera pas sans grand dommage. » Mais le poëte se contente de l'indiquer ; et, tandis qu'ailleurs il a recueilli les dernières paroles d'Ysmaine, tandis qu'ici même il nous représente Etiocles désolé quand il voit mortellement frappé celui dont il aurait fait son ami et à qui il voulait donner sa sœur, et qu'il maudit le serviteur zélé qui l'a sauvé lui-même contre les lois de la chevalerie, tandis qu'il nous dit les regrets de Dirceus le fidèle serviteur de Parthonopex, il n'a pas seulement essayé de peindre la douleur d'Antigone.

Le souvenir de la chanson de Geste se retrouve, et dans certaines allusions directes et précises du poëte, et dans des débris de couplets monorimes, et dans la façon dont il décrit les batailles. Il ne comprend pas bien la guerre antique et ne s'intéresse guère à des incidents si différents de ceux qu'il connaît, et, pour la peindre, il se sert de ces chants qui retentissaient de tous côtés à ses oreilles. C'est certainement à la chanson de Geste qu'il doit l'invention saisissante de cette troupe d'honneur, qu'on voit aux côtés du roi de Thèbes et que nous avions déjà vue auprès de Charlemagne, toute composée de chevaliers « de grande race, » vétérans de cent batailles, qui « laissent leurs barbes blanches flotter sur leurs cuirasses, » et bien d'autres traits encore.

Mais ce qui est plus intéressant que ces additions, ce sont les transformations qu'il fait subir à son auteur. Elles sont d'autant plus curieuses à observer, que l'écrivain lui-même n'en a pas conscience; il n'entend pas du tout altérer les choses: il les voit ainsi. Mœurs, habitudes, caractères, vêtement, tout a pris un aspect nouveau et porte l'empreinte du XIIe siècle. Le poëte en cela ressemble à ses prédécesseurs; mais il y a dans le détail des diversités qui rendent l'étude encore piquante.

L'auteur du *Roman de Thèbes* semble attacher une grande importance au costume; on dirait que c'est là que se porte l'effort de son imagination. Il abrégera les discours et les peintures de sentiment; mais sur le costume il est intraitable: il ne néglige aucune occasion d'habiller ou de chausser ses personnages. Il décrit avec le même soin les ameublements, les splendeurs de la chambre « demeine » du roi d'Argos, « le pavement bien entaillé » et la tenture « d'une courtine envoyée d'Egypte par la reine Semiramis, et qui était l'œuvre de celle qui mourut pour la déesse qu'elle vainquit, » etc. En tous ces détails on reconnaît l'art du moyen âge: on le retrouve encore dans la peinture du verger où Hypsipyle gardait Archemorus. « Il est de toutes parts enclos de murs épais; on y entre par une porte d'ivoire « entaillée d'œuvre trifoire; » la voûte qui la couvre est toute peinte. »

Les mœurs n'ont pas moins changé: on sent partout une autre civilisation et un autre esprit; cela se marque jusque dans les plus petits détails. Dans Stace, fidèle à la tradition homérique, Adrastus, apercevant la jeune Hypsipyle, croit voir une déesse. Chez le trouvère, les choses se passent plus prosaïquement et plus gaiement. « Tydeus, sous un laurier, aperçoit la demoiselle » qui, selon la naïve esthétique de tous ces poëmes, « est si belle, si belle, qu'on chercherait vainement plus belle en toute la terre; elle tenait un petit enfant et lui tendait de blanches fleurs. » A la vue des soldats, elle s'enfuit effrayée; mais Tydeus « court après elle, sur le col du cheval se baisse, la saisit par son bliaut, puis lui a dit tout en riant: « Damoiselle, vous êtes prise. » Ainsi en maint endroit un certain entrain joyeux et familier remplace les poétiques illusions de l'épopée antique.

Les habitudes, aussi, sont différentes. Le trouvère a trouvé dans Stace des jeux longuement décrits. Il ne se contente pas, comme Benoît de Sainte-More en pareil cas, de dire: « Ils célèbrent des jeux; » il essaye de les représenter à son tour. Il y a quelque intérêt à voir comment il comprend ces luttes antiques, et comment il les modifie pour les rendre accessibles à l'auditoire du XIIe siècle. Il n'en a conservé que trois: la palestre; le jet du disque, qu'il appelle la plomée (plombée) et conte à sa façon; et la course des chevaux, montés par les écuyers, qui remplace la course des chars. Le poëte a décrit en détail cette dernière épreuve. On peut la comparer à une scène semblable dessinée dans le roman de Renaud de Montauban, et qui se termine par la déconvenue de Charlemagne. Ici, Adrastus fait crier par toute l'armée « que qui a cheval coure tôt : le vainqueur aura deux chevaux de prix et deux manteaux verts ou gris. » Aussitôt, on voit se presser dans la prairie une foule de bons chevaux sans selle ; les plus riches et les meilleurs ont fait venir les leurs : les écuyers les promènent et les font valoir. On compte soixante-trois concurrents. Tydeus les conduit à la lisière du bois. A partir de là, il y a une lieue de plaine sans montagne et sans vallée. Les chevaux s'élancent. On dirait une course moderne sur le terrain de Longchamps ; ce sont les mêmes incidents, la même tactique. Deux chevaux ont de beaucoup dépassé tous les autres. « L'un appartient à Amphiaras, il est grand, large et tout brun ; mais celui qui le monte le travaille trop, il lui fait sentir l'éperon et lui lâche la bride sur le cou. Le cheval court à toute vitesse : s'il lui eût tenu la bride, il fût arrivé le premier au but. L'autre était bien rapide..., il avait les jambes plates, le col court, la tête bien faite. Il était tout noir, sauf un des pieds. Il valait deux cents livres. Parthonopex l'avait conquis l'année précédente dans une guerre que les Persans firent en sa terre. Celui qui le montait fut bien avisé. Il le serre fortement et tient le frein ; des éperons il ne veut le toucher jusqu'à ce qu'il approche du but ; il côtoie à droite le coursier brun et le fait aller la droite voie. Quand ils vinrent bien près du but, il laisse aller tôt le bon cheval, et lui met les éperons aux flancs, » le coursier noir dépasse son concurrent de toute une portée de trait.

« Aussitôt, un grand tumulte s'élève entre les chevaliers et les sergents. Ils vont regarder le bon cheval et font autour de lui grande presse. » Ne se croirait-on pas dans l'enceinte réservée, en présence de l'enthousiasme bien senti des gentilshommes du turf se disputant l'honneur de contempler de plus près les formes exquises, le garot et les jambes incomparables du vengeur de Waterloo ?

Mais l'empreinte du moyen âge est bien plus visible encore lorsque le poëte veut essayer de peindre les choses religieuses. On ne peut voir sans sourire ces étranges et naïves transformations. Les souvenirs de la Bible viennent chez lui tout naturellement se mêler aux événements de la Thébaïde. Quand il nous a raconté, d'après Stace, comment Amphiaraüs disparaît tout à coup, dévoré par un abîme, il le compare à Abiron et Dathan que la terre engloutit. Et lorsque, poursuivant son récit, il veut nous apprendre comment les Grecs ont remplacé le devin, nous sommes transportés bien loin de la Grèce païenne, nous retrouvons tous les noms, toutes les cérémonies, toutes les habitudes du christianisme du XIIe siècle.

Les Grecs, désolés d'avoir perdu leur guide spirituel, songent à la retraite. Mais le roi d'Amycles, un vaillant homme aux cheveux blanchis « qui préfère les chevaleries à la chasse et à la pêche, » veut d'abord qu'on remplace le mort et qu'on « élise un autre évêque. » Quand ils l'auront nommé, « que tous alors confessent leurs péchés et qu'on apaise la colère de Dieu. »

Les barons sont fort en peine, quand « un poëte antique qui avait en bois vécu maint jour, religieux de sa loi, vient à leur aide. » Il monte sur un perron et leur fait un bref sermon. « Diva, fait-il, c'est à bon droit que Dieu vous a mis en cette détresse. Car entre vous règnent péché, convoitise et méchanceté. Pour nos péchés Dieu nous appelle et nous flagelle de son fléau. Il prend vengeance de nos péchés, à nous d'en faire pénitence. Dieu est de grande miséricorde; aisément nous aurons son pardon. C'est pour nos péchés, je crois, qu'est mort le maître de la loi. Nous n'étions pas dignes sans doute d'avoir sur nous tel pasteur. C'est pour notre grande félonie que Dieu a abrégé sa vie. Mais il ne nous a pas si bien abandonnés qu'il ne reste encore de sa race; nous avons encore de ses disciples dix ou douze, cinq ou six. » Et il propose de choisir entre Mélampus et Théodamas, qu'Amphiaras a instruits dès l'enfance. Toutefois, Mélampus est bien vieux pour un si lourd fardeau, et, suivant l'avis de l'ermite, les Grecs décident que « Théodamas aura l'étole. » Mais, comme un père de la primitive Eglise, comme un autre saint Ambroise, Théodamas s'excuse fort. Sa résistance ne fait qu'accroître l'ardeur des barons à le nommer, et ils le font évêque malgré lui. « Les Grecs par grande dévotion firent cette élection; contre son gré, sans simonie, Théodamas eut la baillie. Quand il fut sacré, il les assemble tous, trois fois leur fait faire jeûne : au troisième jour, après l'heure de none, revêtu d'une robe neuve et une haire sur sa chair, il commande faire procession. » Ne semble-t il pas qu'on lit une page de l'histoire des croisades? Nous sommes à coup sûr bien loin de Stace.

Il n'est qu'un épisode qui ait gardé son caractère, c'est le récit de la mort de Capaneus foudroyé par les dieux qu'il a osé braver, récit que le trouvère emprunte au dixième livre de la *Thébaïde.* Il semble avoir voulu concentrer là tout le surnaturel de son poëme; c'est là seulement qu'il fait paraître les dieux, qu'il les fait parler et agir en leur conservant à peu près le rôle que leur donnait l'épopée antique. La scène mérite d'autant mieux qu'on s'y arrête, que, dans toutes les compositions du même genre, on en chercherait inutilement une seconde du même genre.

Il est permis de supposer que le trouvère aura été frappé du caractère de la situation, originale et neuve dans la poésie du moyen âge. Il ne connaissait pas encore cette poésie de révolte, ces peintures hardies, si bien faites pour saisir fortement les imaginations puissantes de l'humanité enivrée de sa force, jetant un défi à un pouvoir qu'elle sait supérieur à elle, et finissant par succomber terrassée, mais non vaincue. Tels avaient été chez les Grecs d'abord les héros de la puissance physique, les géants s'attaquant aux dieux; puis Prométhée, Capanée, Ajax; plus tard c'est la révolte de grandes âmes indignées contre la destinée. Chez les Romains, elle trouve son expression dernière dans le vers fameux où Lucain a divinisé Caton et montré ce grand amoureux de la liberté balançant à lui seul la faveur des dieux, et glorifiant contre eux la cause qu'il a embrassée. Chez les modernes, c'est le Satan de Milton; c'est Nicomède raillant Rome qui l'écrase, c'est don Juan, ce sont les personnages de lord Byron appelant la foudre.

Le vieux trouvère semble avoir été aussi tenté par ces audaces, et il les a naïvement traduites. Capaneus, dont il a fait « un géant, » gémit de voir tant de guerriers périr sous les murs de Thèbes. Il veut prendre la ville par adresse. Le lendemain, les Thébains doivent, vers l'heure de midi, célébrer une fête « de l'ancienne geste » en l'honneur de Cadmus; les Grecs en profiteront pour s'approcher à petit bruit d'une partie des murailles plus basse et mal gardée. Enfin, pendant que toute la ville est en liesse et que « tous les anciens hommes et les sages sont tout au jeu et à la rage » (traduction naïve de l'*orgie* antique), Capaneus, avec ses compagnons armés de piques et de maillets, agrandit une brèche faite la veille à une tour par une pierrière, et bientôt il atteint le sommet. De là il fait pleuvoir les débris de la muraille sur la ville, brisant « murs, tours et églises. » Il ne peut plus contenir sa joie, il insulte, il provoque les Thébains. Le trouvère s'est complu dans ce morceau, il y a versé tous les trésors de son érudition; il s'y est abandonné à son éloquence avec toute la prolixité familière à ses pareils. Capaneus ne se contente pas de ces provocations; il s'attaque aux dieux eux-mêmes avec autant de naïveté que de violence. « N'y vaudra rien dieu ni déesse, lire psautier ni chanter messe. N'y vaudra rien vœu ni promesse que clerc en fasse ni clergesse. Où sont désormais tous vos dieux Mars, Vénus, etc.? Quand ils seraient trois mille, qu'ils viennent secourir la cité, que tous à moi seul ils viennent combattre... Je n'ai d'eux tous ni peur ni doute. Ils ne seront si nombreux qu'ils ne soient à tout jamais mis en déroute eux et tous ceux qui croient en eux. Ma dextre, mon épée et ma lance, ce sont mes dieux, c'est ma créance, c'est ma vertu et c'est ma gloire... Dieu ni déesse n'est au monde que ma dextre ne confonde. Même dant Jupiter leur maître je le ferai croire en ma main dextre. De là-haut je le ferai cheoir... Et tous les autres également je les ferai vivre comme autres gens; d'eux je délivrerai le monde. »

Cependant, les dieux de Thèbes et ceux de Grèce étaient dans le ciel réunis autour de Jupiter, attendant avec respect ce qu'il allait décider du sort des deux armées en présence. « Car ils le tiennent pour leur maître. Devant lui ils sont tous ensemble ; le plus hardi de peur tremble, le plus hardi n'ose mot dire. » Ils gémissent sur les terribles épreuves auxquelles sont livrés les peuples qu'ils protégent, ils déplorent leur propre immortalité qui ne leur permet pas de mettre un terme à leur affliction. Pour en finir, ils en viendraient volontiers aux mains ; mais ils redoutent la colère de leur maître. Celui-ci leur explique à la façon du XIIe siècle l'ordre des destinées. « Il leur dit que chose destinée ne peut être détruite par la neige ni la gelée. Depuis que je fus dieu appelé, que le monde fut pour la première fois fondé, que j'ai sur terre distribué les langages et les royaumes, et que je vous octroyai vos divinités, dès lors ce fut fait vraiment; ce ne saurait être désormais autrement. Tout maintenant, sans nulle faute il convient que soit cette bataille. »

Les dieux sont désolés de cet arrêt du sort ; « mais tous sont muets pour sa présence. » Junon « la dame de tous » ose enfin prendre la parole ; elle se plaint avec amertume du mépris que lui témoigne son époux. Elle ne peut rien faire pour la nation qu'elle aime et qui l'a tant honorée. Elle la voit tomber sous le glaive de l'ennemi sans pouvoir lui porter secours. En vain elle est sa sœur et son épouse. Puisque son peuple succombe ainsi, elle renonce à l'amour de Jupiter.

Inquiètes des paroles de Junon, toutes les divinités qui sont nées à Thèbes se lèvent à leur tour. Bacchus et Hercule, se tenant par la main, implorent le maître des dieux, et, lui rappelant l'amour qu'il a porté à leurs mères, le supplient de ne pas sacrifier Thèbes à ses ennemis. Au milieu de leur discours, les provocations impies de Capanée sont arrivées jusqu'aux dieux. « Jupiter entendit la parole qui moult était outrageuse et folle. » Tout d'abord il en veut prendre vengeance. « Depuis la bataille des géants, dit-il, qui voulurent se combattre à nous et par force du ciel nous abattre, jamais ne fut outrage si grand. Pour cela, il convient que j'en fasse telle enseigne et telle vengeance que le souvenir en dure à jamais, que jamais nulle créature n'ose penser si grande injure.» Consultés par lui, les dieux l'engagent à lancer son tonnerre « que, sous ses coups, l'audacieux soit tout embrasé, et que de lui rien ne reste ! » Le ciel s'allume, « tremble le ciel, tremble la terre ; » Capaneus tombe foudroyé. Tout ce passage ne manque ni d'une certaine fierté d'accent, ni même, par moments, d'un certain mérite de forme : on y a reconnu la trace de l'antiquité. Mais que de changements, pourtant, il serait encore facile d'y signaler.

Quand toute chose prend ainsi une physionomie nouvelle, les caractères des personnages ont dû se modifier aussi. De toutes ces transformations, ce n'est pas la moins curieuse; c'est celle qui demande à être étudiée le plus attentivement. Voyez par exemple ce qu'est devenu Tydeus. Au premier abord, c'est à peu près le même personnage, des deux côtés il a les mêmes aventures, il fait les mêmes exploits, il meurt à peu près de la même façon, il est le héros du poëme français, comme il était celui du poëme latin, et cependant ce n'est pas le même homme.

Et tout d'abord il faut s'entendre sur ce mot de héros. Tydeus est un vaillant homme, ce n'est pas un héros à la façon du XVIIe siècle. Quoique sorti d'un poëme latin, il n'a rien d'un Romain de Corneille; ce n'est pas à lui qu'on reprocherait de ne rien garder d'humain. La nature chez lui parle avec une parfaite ingénuité, et nous retrouvons là cette franchise de sentiment que nous avions déjà signalé dans l'*Eneas*.

Le courage de Tydeus est incontestable, c'est lui qu'on charge de toutes les missions difficiles. Polinices veut envoyer à son frère un messager pour réclamer son royaume, nul ne veut accepter cette tâche; Tydeus seul ose s'offrir. « Il s'en va, chevauchant jour et nuit, ayant faim et soif et dur lit. » Arrivé à Thèbes, il rappelle hardiment au roi les promesses qu'il a faites à son frère. Nous le verrons plus loin lutter seul héroïquement contre cinquante chevaliers qu'Etiocles, désireux de se venger de celui « qui l'outragea à son manger, » a envoyés l'attendre dans la gorge où se cachait le sphinx. Mais le poëte nous dira naïvement que Tydeus voudrait bien ne pas y être : « Aperçut les, n'i volsist estre. » De même quand il se trouve en présence du sphinx, il fait tout ce qu'il peut pour se dérober à l'obligation de deviner l'énigme, il ne rougit pas de confesser que le monstre l'effraye. « Ja suis-je chevalier ; je m'entends mieux à porter mes armes que je ne sais de diviner. Sires compagnons, or devinez, si vous d'augures savez rien. J'ai été en maint mauvais pas; jamais je n'ai été si effrayé. Ce diable que vous voyez nous a tous enfantosmés. » Mais cette concession faite à la nature, il ne se comporte pas moins bravement. Quand il est tombé dans l'embuscade, « il voit bien qu'il est trahi, nous dit le poëte, mais il ne s'est pas étonné (troublé). » C'est ainsi que le moyen âge peint le courage, et l'histoire en ce point donne tout à fait raison aux romans renouvelés de l'antiquité et à la Geste ; Joinville, en pareille circonstance, sent et se comporte comme Tydeus ou Guillaume d'Orange. Différents en cela des personnages du roman de la *Table ronde* ou du XVIIe siècle, les plus vaillants à cette date n'ont pas la prétention d'être des héros ; ils ne font pas profession d'être de bronze, il ne craignent pas de dire qu'ils voient le danger; ils avouent même qu'ils aimeraient autant être ailleurs ; ce qui ne les empêche pas de faire héroïquement leur devoir.

Le Tydeus du roman de Thèbes est tout différent de ce qu'il était dans le poëme latin. Stace s'était attaché à le peindre féroce. Envoyé auprès du roi de Thèbes, dès le début de son discours il éclate en menaces; à chaque instant, le poëte latin lui prête d'horribles violences; il ne craint pas d'accumuler les détails les plus repoussants, il va jusqu'à le montrer en un passage rejetant à ses adversaires les membres que son fer leur a tranchés. Enfin, pour achever le portrait, lorsqu'il se sent blessé à mort, sa douleur devient de la rage et se traduit par un acte atroce; il supplie ses compagnons de lui apporter la tête de son ennemi qu'il a frappé en tombant. Ceux-ci volent et ramènent Ménalippus blessé. Tydeus lui fait trancher la tête. « Il prend dans ses mains et contemple avec fureur ce visage ennemi et tiède encore, ces yeux égarés et qui n'ont pas eu le temps de se fixer. Ce n'est pas assez : Teisiphone vengeresse, ajoute le poëte, lui demande plus encore. » Et quand Pallas revient, apportant l'immortalité au héros qu'elle protége, elle s'enfuit épouvantée en le voyant « tout souillé des débris de ce crâne qu'il a brisé, et buvant à longs traits ce sang encore tiède; ses compagnons ne peuvent lui arracher sa proie. » On dirait que Dante s'est souvenu de la Thébaïde en peignant Ugolin. Stace ne sent pas quel contraste choquant il y a entre cette horrible et repoussante peinture et les élégances recherchées de son style. Homère, dans une époque primitive, voulant peindre la douleur désespérée d'Achille et sa fureur de vengeance, n'a osé que lui prêter un vœu analogue, mais devant lequel il recule, et que déguise et adoucit encore l'expression. Virgile, dans une civilisation analogue à celle du temps de Stace, a compris que de tels tableaux étaient impossibles avec son beau langage ; et, voulant peindre en Mézence la tyrannie et l'extrême férocité, il lui fait ordonner d'horribles cruautés ; mais Mézence ne les accomplit pas lui-même. Stace, ici, est un éclatant témoin de la dépravation de cœur et d'imagination de la Rome impériale.

Notre trouvère n'a eu garde de reproduire le tableau de Stace. Il ne comprend pas qu'on peigne un chevalier comme Tydeus sous des traits si odieux, il a déjà à cet égard les instincts des poëtes du dix-septième siècle. Son Tydeus est le plus vaillant des hommes, mais il n'a rien de féroce. Tandis que le personnage latin est toujours tendu et emphatique en son langage, le Tydeus français est plein de bonne humeur et d'entrain. Sa gaîté ne se dément pas dans les plus rudes épreuves. Il gouaille volontiers ses ennemis, c'est déjà l'image complète du courage français. « Quand il les vit ainsi trembler, il commença à les gaber : cette fièvre, à mon avis, vous a pris de hardement. Si vous voulez de ce mal guérir, attendez-moi un seul petitet. Cette épée vous en guérira ; car il y a de fortes reliques. »

Il est généreux et ne veut pas combattre plus faible que lui. C'est tout à fait contre sa volonté qu'il tue le jeune Athès, qui tombe victime d'une bravade chevaleresque. La bravade, la folle prouesse est presque une condition de la chevalerie. En effet, bien différent de l'esprit militaire et de l'esprit guerrier, l'esprit chevaleresque n'est pas seulement une des formes du courage, c'est un enthousiasme, une exaltation, une religion. Comme elle, il a ses martyrs, il a ses dévots et ses mystiques : on peut dire la folie de la chevalerie comme la folie de la croix. La prouesse, un mot qui a une double valeur, qui indique et la perfection de la vertu chevaleresque et les actes qui en naissent, ne se contente pas des preuves du plus intrépide courage ; elle veut avant tout que l'on parle d'elle. C'était le souci de Joinville en Egypte : « Il en sera parlé dans les chambres des dames ; » et un des personnages du *Roman de Thèbes* dit : « Où sont les grands coups dont vous vous vantez auprès des cheminées ? » Le preux chevalier ne doit ressembler à rien ni à personne : la prouesse doit étonner, frapper les imaginations ; il y faut des entreprises extraordinaires, des actes inouïs. Elle ne reculera pas devant les actions les plus étranges et les plus folles : ce sont elles dont on parlera le plus. Ainsi, dans le *Roman de Troie*, nous voyons Ajax aller désarmé au combat ; un chevalier du *Roman de Thèbes* s'y présente nu, n'ayant que le bouclier et la lance ; Athès à son tour abandonne une partie de ses armes dans des conditions toutes particulières. L'idéal du chevalier est d'être aimé. Il ne saurait l'être s'il n'est vaillant ; mais la beauté est aussi nécessaire à l'amour ; et selon l'esprit que nous indiquions tout à l'heure, il fait parade de sa bravoure et de sa beauté, et il se pare d'autant plus volontiers de celle-ci qu'il peut y avoir danger à l'afficher, et qu'ainsi, pour ainsi dire, sa beauté est plus brave. Athès, dont le poëte s'est plu à nous représenter la grâce, a quitté son haubert pour faire admirer à tous l'élégance de sa taille. Tydeus l'a trouvé sur sa route, mais il l'a évité : « Il le voit enfant et désarmé, il en eut pitié. » Mais l'enfant n'accepte pas cette générosité dédaigneuse, et il heurte rudement son adversaire. Celui-ci voudrait seulement repousser l'attaque ; mais en vain a-t-il essayé de mesurer la force de son coup : Athès tombe frappé à mort. Tydeus, à cette vue, se désole ; il jette au loin sa lance, il ne veut pas prendre le cheval du vaincu, il veut au moins mettre ses restes à l'abri des outrages, et appelant de jeunes garçons qu'il aperçoit à l'écart, il leur dit d'emporter le corps de l'enfant pour qu'il ne soit pas déchiré par les chiens. Ainsi partout Tydeus s'offre à nous sous des traits plus aimables et plus humains.

Le trouvère n'a pas moins changé le caractère de Polynices et donné ainsi au dénoûment de son poëme une couleur morale toute différente. Dans la *Thébaïde*, quand Polynices a blessé Etéocle, il insulte à sa chute. Tout entier à sa joie sauvage, au triomphe de son ambition, il veut qu'on lui apporte tout de suite la couronne et le sceptre, et que son frère ait cette dernière et horrible douleur de le voir, avant de mourir, paré des insignes qu'il lui a ravis. Le poëte français est révolté de cette peinture, et il donne à Polynices de tout autres sentiments. On dirait que c'est son récit et non celui de Stace qu'a lu Racine, ou plutôt une même pensée les inspire tous deux et les oblige à donner à notre sensibilité une satisfaction à laquelle n'a pas songé le poëte latin, en lui permettant de s'intéresser au moins à l'un des deux personnages. Ici, quand Polynices a vu tomber son frère mortellement blessé, il oublie sa haine et son ambition, il ne pense plus qu'au lien qui l'unit à son adversaire; il descend de cheval « et court à lui ; il voit la plaie toute vermeille du sang qui s'échappe. Pitié l'en prend, il ne peut s'empêcher de l'aller reconforter. Parmi le corps il embrasse son frère, il lui baise les yeux et la face, puis lui a dit : « Beau sire frère, dans une heure mauvaise » nous porta notre mère. Par votre orgueil je vous ai tué, il n'y a » plus de remède. » Et lorsque son frère, sans se laisser désarmer par cette douleur, l'a frappé traîtreusement, Polynices ne trouve encore que des paroles touchantes et mélancoliques. « Frère, fait-il, pourquoi m'as-tu tué? Sache que tu l'as fait à tort. Je descendis en bonne foi. Or, c'en est fait, notre guerre est finie, ni toi ni moi n'aurons la terre. Quelqu'un de ces autres l'aura qui ne nous en saura nul gré. »

Le poëme s'achève, ici comme dans Stace, par la peinture de la désolation des femmes d'Argos à la recherche des corps de ceux qu'elles ont perdus. A la nouvelle de leur désastre, elles avaient quitté leur patrie et s'étaient dirigées vers Thèbes pour leur rendre ces derniers honneurs auxquels les anciens attachaient tant de prix. Mais Créon, pour venger la mort de son fils, a juré de laisser sans sépulture les cadavres de ses ennemis. Averties en route de ces sinistres résolutions, elles vont à Athènes implorer le secours de Thésée. Cette expédition étrange a séduit l'imagination du trouvère. Seulement, peu au fait des mœurs grecques et sentant peu l'imporance de ces détails, il a changé quelque peu le motif de leur voyage.

Toutes, nu-pieds, échevelées, elles se mettent en route ; la veuve de Tydeus et la veuve de Polynices marchent à la tête du funèbre cortége. Elles s'en vont par les plaines et par les montagnes, pleurant, supportant la faim, la soif, les mauvais gîtes. Elles arrivent à une vallée profonde toute peuplée de serpents, de lions, de dragons et de léopards ; les bêtes féroces s'enfüient épouvantées à la vue de cette multitude étrange. Elles parviennent enfin jusqu'à Thésée, aux pieds duquel elles tombent, jurant d'oublier leur douleur s'il les venge des traîtres. Thésée, dont les messagers ont été renvoyés par Créon avec d'horribles menaces, marche contre Thèbes suivi « de l'armée des dames. » Celles-ci prennent part à l'attaque ; sans souci de leur vie, armées de maillets d'acier, de pics aigus, elles sapent les murs ; une partie se fend et s'écroule. Le trouvère semble pressé d'en finir et de liquider vite son poëme. Thésée entre par la brèche, met le feu à la ville, fait pendre Créon, qui a tenté de se défendre, et fait restituer aux dames leurs morts. Avant de partir, il veut faire rendre les derniers devoirs (faire service) aux deux frères. Nous pouvons voir ici une dernière fois comment le trouvère traduit Stace, exagérant et outrant tous les détails. « Le roi fit faire un bûcher; ils y ont mis les deux frères ; mais bientôt fut le feu dérangé ; ils ne se purent entre eux souffrir; on les vit s'entreférir et durement se combattre jusqu'à trois ou quatre fois. Le duc grandement se merveille ; il demande avis autour de lui. Tous lui disent de faire recueillir leur cendre et de la mettre en un vase... Dans un vase d'or de Frise ils ont mis cette poudre. Mais dès qu'elle fut au dedans scellée, aussitôt commença la mêlée : au dedans grande fut la bataille, et ce fut signe manifeste de ces deux frères sans foi qui jamais ne s'aimèrent, et même après la mort ne purent s'accorder. Le vase ne put les retenir, la poudre dut en sortir. Le duc regarda tout cela, aux diables il les envoya. »

Le trouvère a complété à sa façon le poëme de Stace en y ajoutant une naïve moralité à l'usage de ses lecteurs. Si les deux frères ont trouvé une fin si misérable, c'est, nous dit-il, qu'ils furent nés contre nature. « Pour Dieu, seigneurs, prenez-y garde, ne faites rien contre nature, de peur que vous n'en veniez à une semblable fin. »

III

La Pharsale est le dernier des grands poëmes latins que notre moyen âge ait essayé de s'approprier; et par ce mot de dernier nous ne prétendons pas absolument faire un classement chronologique, nous n'avons pas pour cela tous les éléments nécessaires. Le *Roman de Julius Cesar* ne nous a été conservé que dans un manuscrit qui porte, il est vrai, la date de 1280 ; mais cela ne nous apprend rien pour la composition elle-même. Il est évident, en effet, que ce n'est pas là le manuscrit original; on y trouve par moments une grande confusion et des indications erronées sur les livres correspondants de Lucain, qui ne sauraient évidemment être imputées à l'auteur lui-même. On peut cependant admettre qu'il est postérieur à l'*Eneas* et au *Roman de Troie*, aussi bien qu'au *Roman de Tristan* : car, en parlant de la beauté de Cléopâtre, il la compare à celle d'Hélène et d'Yseult, pour qui Tristan a enduré tant de peines; tandis que ni le *Roman de Troie* ni l'*Eneas* ne font aucune allusion au *Roman de J. Cesar*. Il a dû précéder le *Roman de Thèbes*, car, dans un passage où l'auteur de celui-ci veut donner une haute idée de préparatifs militaires, il évoque le souvenir de plusieurs poëmes fameux, et il ajoute qu'on n'avait jamais « vu tel rassemblement d'hommes, sauf ceux qu'avaient faits César et Pompée. » Il est vrai qu'on ne voit pas bien si ce n'est pas de la *Pharsale* latine qu'il se souvenait ici.

Nous sommes mieux renseignés sur la personne de l'auteur. Il a pris soin de consigner son nom en différents endroits de son livre : Il s'appelait Jacques de Forez (Jacos de Forestz). Nous savons aussi combien a duré la composition du poëme. Sollicitant dans les derniers vers l'indulgence des lecteurs, car le livre est destiné à être lu, non à être chanté « à celui qui sera ce livre lisant, » Jacques nous dit « qu'il a eu moult petit de temps rimé ce livre, car dedans quatre mois il fut l'accomplissant. »

Le roman de *Jules César* ne saurait se rattacher aux poëmes que nous venons de parcourir ; il s'en distingue par la nature des développements et par la versification. Jacques de Forez se tient beaucoup plus près de son texte que les autres imitateurs de l'antiquité ; il est de tous celui qui donne le moins à l'invention personnelle ; il fait véritablement acte de traducteur ; s'il est infidèle, c'est à son insu; les habitudes du temps et la langue ne lui permettaient pas de faire davantage; de là les répétitions, les redondances et la prolixité dans la sécheresse qu'on rencontre chez lui. Mais il suit pas à pas son texte sans rien ajouter d'important ; seulement il complète le poëme que Lucain avait laissé inachevé, et nous en sommes avertis par ce titre qu'on lit au feuillet 134 : « Cy commence l'istoire après Lucan, » et il le conduit jusqu'à l'entrée triomphale de César dans Rome. Il ne s'est pas servi du petit vers de huit syllabes à rimes plates qui semblait décidément adopté par ces imitations de l'épopée antique, il est demeuré fidèle à l'antique couplet monorime de la Geste; seulement, au vers de dix syllabes des vieux trouvères, il a préféré l'alexandrin, consacré déjà par le récit des exploits du héros macédonien. Il doit au choix de ce rhythme, qui se prêtait bien mieux que le petit vers de Benoît à la traduction des sévères inspirations de la muse latine, une certaine ampleur et fermeté d'accent. Il semble aussi que l'esprit de la Geste l'inspire, et nous trouverons de temps en temps chez lui, et surtout quand il sera question de Caton, de l'énergie et comme un lointain écho du poëte latin. Jacques de Forez a cependant changé l'intention générale de l'œuvre. Loin de partager les rancunes de Lucain contre César, il est pour lui plein d'admiration et écrit son histoire avec complaisance. « Celui qui fit tant en sa vie, bien est droit, ce m'est avis, dit-il, pour qui y entend raison, qu'après sa mort il en soit loué par toute gent; c'est l'empereur César qui, par sa baronnie, conquit et mit en sa puissance la plus grande partie du monde; qui, par sa valeur, conquit si amplement cités, bourgs et châteaux, aussi loin que les cieux couvrent le monde et que la terre s'étend; qui soutint si grandes batailles et tant de sursaillies, tant de combats, tant d'assauts, tant de rudes attaques. » Il pense que les puissants qui possèdent légitiment de grands fiefs, pour s'y maintenir mieux et plus franchement, pourront prendre exemple de bonté et bon enseignement en la vertu et la hardiesse de César. Il va redire ses exploits « selon l'histoire vraie de Rome, » car il y a deux choses auxquelles il tient surtout : à réclamer la priorité pour son œuvre, « qui n'est pas molt ouïe, car il l'a toute du latin en roman changée,» et à être un historien véridique plus encore qu'un poëte.

Il faut reconnaître qu'il fait pour cela tout ce qui est nécessaire. Comme Benoît et ses imitateurs, il supprime tout d'abord les comparaisons. On chercherait vainement ici la belle image par laquelle Lucain nous représente la vieillesse encore imposante de Pompée, ce vieux chêne découronné et dépouillé de ses rameaux, qui, au milieu de la jeune forêt, attire encore la vénération des peuples. Lucain n'abusait pas du merveilleux ; le trouvère a fait disparaître le peu qui lui en était resté. Il a supprimé du même coup et l'apparition de la Patrie en deuil essayant d'arrêter César au passage de Rubicon, et les hésitations du général romain. Rien de plus simple que cette partie de son récit. Le Rubicon est gonflé; César n'y voit ni pont, ni bateau ; il fait descendre dans la rivière des sergents à cheval qui rompent le courant, et l'armée tout entière passe à leur suite : voilà toute l'histoire.

Son goût pour la vérité historique ne va pas pourtant jusqu'à garder aux hommes et aux choses leur physionomie antique.

Comme tous ses contemporains, il donne à ses personnages le costume, l'armement, le langage du XIIe siècle [1].

A cela près, il reproduit la *Pharsale* avec assez d'exactitude. Voici le siége de Marseille, moins sa forêt merveilleuse. Plus loin nous voyons César confiant à une frêle barque au milieu de la tempête sa fortune et celle de Rome. L'auteur a reproduit avec complaisance son discours, en appropriant les noms aux habitudes de ses auditeurs. Il nous le montre prêt « à combattre Pompée l'alosé. » Nous assistons à la fuite de celui-ci et à sa mort. Nous entendons son éloge prononcé par Caton, et les plaintes de Cornélie. Nous suivons Caton dans les sables de la Libye, où sa mâle éloquence relève seule le cœur des Romains abattus. Tout favorable qu'il est à César, le trouvère professe aussi pour l'héroïsme de son rival une ardente sympathie. Ce grand caractère de redresseur désintéressé des torts que lui a donnés Lucain a séduit le vieux poëte, et cela nous explique le rôle que va bientôt lui donner Dante. Il me semble qu'il convient de noter aussi dans un auteur du XIIe siècle ce sentiment profond et ce vif amour de la liberté. Le trouvère ne se séparera pas de Caton avant de nous avoir fait assister à son glorieux trépas. Il est à remarquer qu'il ne songe pas à blâmer son suicide, et que, du reste, le suicide a déjà sa place dans les poëmes de la fin de ce XIIe siècle si chrétien, comme dans le roman du XIXe. Après nous avoir raconté sa mort, il nous fait entendre les regrets de ses soldats. Ils ont le tort d'occuper près de cent cinquante vers ; mais quelques-uns de ces vers, par le sentiment et l'expression, ne sont pas indignes de Lucain, et le mérite y est d'autant plus grand, qu'ici le trouvère avait perdu son guide : Lucain s'était arrêté bien avant la mort de Caton.

L'amour n'est pas absent du poëme. Le poëte trouvait dans son modèle latin le nom de Cléopâtre et le récit de sa première rencontre avec César, la peinture de sa séduction et des splendeurs au milieu desquelles s'étale sa triomphante et redoutable beauté. Il se gardera bien de négliger ces tableaux. Seulement Lucain, se souvenant des dangers que les attraits de Cléopâtre ont fait courir à Rome, dans son patriotique ressentiment, maudit l'enchanteresse égyptienne ; le trouvère, au contraire, se plaît à peindre son charme et sa grâce victorieuse lorsqu'elle entre en la salle, « qui de sa grande beauté

[1] Il y a cependant chez lui, il faut le reconnaître, quelques traces des mœurs romaines. Il se plaît à décrire à deux reprises, et surtout à la fin de son poëme, le triomphe de César. Le moyen âge était, du reste, très-préoccupé de ces grands spectacles. On se rappelle que Frédéric II, vainqueur des Milanais à Corte-Nuova, 1237, envoyait à Rome leur caroccio, en annonçant aux Romains dans une pompeuse épître qu'il comptait, à l'exemple des Césars antiques, venir dans la ville éternelle recevoir des mains du peuple et du Sénat les lauriers du triomphe.

est toute illuminée, » en ajoutant de longs développements sur la puissance de l'amour. On peut ici en passant relever un trait de mœurs, une modification apportée au caractère du principal personnage. Comme dans Lucain, le repas est assaisonné de graves entretiens. « En la chambre, qui toute était fleurie, et peinte de fin or qui moult y reflamboie, et qui de douce odeur était bien remplie, car il y eut mainte épice et mainte herbe fleurie,» Achoreus explique au général romain la religion et les coutumes de l'Egypte. Mais le trouvère a sans doute jugé peu galante l'attention que César donnait à ces savantes explications ; il n'y prête ici qu'une oreille distraite. « Par semblant à son dire il entendait, mais cependant son cœur d'autre affaire pensait ; » et le trouvère brusque le dénoûment de l'aventure avec des détails d'une naïveté et d'une jovialité toutes gauloises.

On sait que le poëme de Lucain est demeuré suspendu au milieu du dixième livre. Jacques de Forez n'a pu consentir à laisser ainsi son œuvre inachevée ; et quand il a traduit les derniers vers si dramatiquement interrompus, après avoir naïvement disculpé Lucain : « Lucanus en telle manière entrelaissa l'histoire ; c'est vérité qu'il la termina malement ; mais là pourtant le bon clerc n'en aura nul blâme, il eut occasion qui l'y força : car la mort le surprit, qui le terrassa si bien qu'il ne put terminer ce qu'il commença ; » devançant Thomas May, le trouvère achève la *Pharsale* et la conduit jusqu'à l'entrée triomphale de César dans Rome. Là il prend congé de ses lecteurs, en leur recommandant de repasser souvent en leur mémoire « les bons dits » qu'ils ont entendus, car on ne peut manquer ainsi « d'échapper à folie et autres messeants. »

IV

Nous savons maintenant ce que nos vieux trouvères ont fait de l'épopée classique. En réalité, leur œuvre n'a rien d'antique, ni littérairement, ni moralement. Des qualités littéraires des chefs-d'œuvre de la Grèce et de Rome ils n'ont rien : ni la science de composition, ni le sentiment de l'unité, ni l'ampleur des développements, ni la perfection de la forme, rien, enfin, de ce qui constitue l'artiste; il n'est pas même bien sûr qu'ils sentent bien ce qu'elles sont ni ce qu'elles valent à ce point de vue. Et, par cela même, ces poëmes offrent un intérêt qui les dépasse, pour ainsi dire; ils jettent une vive lumière sur la poésie du moyen âge tout entière. A certains égards, la comparaison n'est pas facile entre les œuvres de l'antiquité et celles du moyen âge avec des ressources et une civilisation si différentes. Ici, à propos du même sujet, elle s'impose, pour ainsi dire. En rapprochant ces compositions de leurs modèles antiques, on voit mieux les lacunes et les impuissances de cette poésie, on comprend mieux ses bégayements. On sent ce qu'était l'esprit français réduit à lui-même avant de s'être donné, par le contact avec l'antiquité, des qualités qui lui manquaient, l'esprit français avant d'avoir fait ses classes. Il n'est qu'une chose que les trouvères aient su peindre, parce que la chevalerie elle-même y excellait, c'est l'héroïsme guerrier. La poésie du moyen âge n'a été sublime qu'une fois, en peignant Roland à Roncevaux. Et si, au point de vue littéraire, la copie diffère à ce point de l'original, elle ne s'en distingue pas moins par l'esprit général. Le poëte du moyen âge s'attache surtout au récit, au côté anecdotique des œuvres de l'antiquité; il parle à l'imagination plus qu'au cœur; il s'adresse surtout aux yeux, à la curiosité; il remplace le merveilleux et le surnaturel par le singulier et le fantastique; il met l'énorme à la place du grand, et la laideur à la place de l'horreur; il combine ces deux éléments dans les créations qui doivent remplacer les inventions tragiques de l'antiquité. Son imagination peureuse et enfantine substitue des images avec des contours mal définis, des fantômes enfants du brouillard et de la nuit, aux statues de marbre de l'épopée antique.

Enfin, le changement n'est pas moins considérable au point de vue du sentiment moral. Ni les caractères ni les mœurs ne procèdent de l'antiquité. Celle que prétendent peindre les trouvères est sortie tout entière des entrailles du moyen âge. On ne saurait trouver à cet égard de documents plus curieux et qui marquent d'une façon plus saisissante la différence des deux sociétés et des deux civilisations.

Rien ne montre mieux non plus combien, pour le développement de l'esprit humain et l'intelligence de son histoire, la Renaissance a été un fait utile et nécessaire. Et, à ce propos, il convient de marquer qu'il n'y en a eu vraiment qu'une, celle qui a eu sa pleine floraison au XVe et au XVIe siècle. A divers moments du moyen âge, on croit saisir des commencements de renaissance, et on a beaucoup dit de notre temps qu'il y en avait eu toute une série, qu'on lui avait assigné jusqu'ici une date beaucoup trop tardive, que les anciens n'avaient jamais cessé d'être connus. C'est là qu'est l'erreur. Ils ont été lus et pratiqués par le moyen âge ; ils n'ont point été vraiment connus ; ils étaient connus de nom, ils n'étaient pas connus dans leur esprit et dans leur valeur vraie. Il faudra qu'épris de la beauté antique, quelques hommes de puissante intelligence essayent de se refaire anciens, de parler la langue des anciens, de revivre de leur vie, de retrouver leurs sensations, leurs sentiments, leurs pensées, de se faire citoyens d'Athènes et de Rome. Les entraînements païens et les folies cicéroniennes de l'Italie du XVe siècle sont l'expression originale comme le suprême excès de ce retour au passé. A ce prix seulement on ressaisira l'esprit de l'antiquité. Mais au XIIe et au XIIIe siècle, le moyen âge, dans toute sa vitalité, était encore impénétrable à l'esprit de l'antiquité aussi bien qu'à ses qualités littéraires. Il avait trop de jeunesse et une individualité trop forte pour pouvoir être autre chose que lui-même. Immédiatement, instinctivement, inconsciemment, il marquait de son originale et forte empreinte, il transformait en sa propre substance tout ce qu'il touchait. Ce n'est que lorsque la croyance chrétienne aura pâli, lorsque la forte construction féodale aura disparu, lorsque l'art sorti de là se sera éteint, que, découragé de son épuisement, le moyen âge ira chercher ailleurs du secours et remontera à l'antiquité.

Cependant, tout infidèles, toutes bizarres et fausses, à tant de points de vue, que sont les œuvres que nous venons d'étudier, elles n'ont pas été inutiles à la connaissance des œuvres classiques. Elles habituaient le moyen âge à l'antiquité ; elles rendaient les noms antiques populaires avant que les choses elles-mêmes ne pussent l'être ; elles les faisaient entrer dans le courant littéraire, dans le bagage ordinaire de l'esprit français ; elles empêchaient parmi la foule la prescription de l'antiquité.

Mais cette étude devait nous présenter un autre intérêt. Nous n'y cherchions pas seulement jusqu'à quel point les poëtes du moyen âge s'étaient rapprochés des poëtes épiques latins ; nous savions qu'il y fallait surtout voir en quoi et pourquoi ils s'en éloignaient, jusqu'à quel point ils altéraient les œuvres antiques. Par là, quels que soient l'intérêt propre et la valeur de ces œuvres, elles méritent d'occuper une grande place dans l'histoire de l'esprit français et de ses rapports avec l'antiquité classique. Etudiées en elles-mêmes, elles nous apprennent comment le XIIe siècle l'a comprise et ce qu'il a pu s'en approprier ; rapprochées d'œuvres similaires d'un autre temps, quand des deux côtés nous rencontrons des tendances toutes semblables, nous pouvons constater là ce qui, dans cette direction, appartenait à telle date du moyen âge, ce qui appartenait à la constitution même de l'esprit français et à ses aptitudes naturelles. Cela nous permet, sur cette question, de l'étudier et dans le temps, et en lui-même, et dans son essence.

Le *Roman de Troie*, comme l'*Eneas*, comme le *Roman de Thèbes*, nous montrent que l'éducation classique de l'esprit français, la connaissance plus ou moins précise des sujets antiques, non-seulement pour l'élite des intelligences, mais pour la foule, datent de loin. La prompte diffusion et la popularité de ces compositions le prouvent : la foule ne s'intéresse à l'histoire des gens que quand elle les connaît déjà un peu.

Nous voyons ici que, de bonne heure, la France a aimé ces sujets, et nous voyons aussi comment elle les a aimés, comment elle veut qu'on les lui présente. Nos vieux poëmes, sous une forme naïve, révèlent exactement les mêmes tendances qu'ont montrées, sous une forme plus savante et plus raisonnée, certaines œuvres des trois derniers siècles. L'*Astrée*, le *Grand Cyrus* et la *Clélie*, même, à certains égards, *Andromaque* et *Iphigénie* et quelques parties du *Jeune Anacharsis*, pour le sentiment vrai de l'antiquité, ne diffèrent pas sensiblement de l'*Eneas* ou du *Roman de Troie*. Ceux-ci aident à comprendre le long succès d'un genre qui nous semble si faux, les erreurs et la séduction de ces romans de l'antiquité.

Aux deux époques, on retrouve des caractères communs qui peuvent se résumer en deux traits essentiels et significatifs. Dans l'une et dans l'autre, le poëte peint les mœurs de son temps, et il substitue le roman à l'épopée. Des deux côtés, le public se passionne pour les héros de l'antiquité et les adopte tout à fait comme des héros nationaux, mais c'est à condition de se reconnaître en eux. Il les aime parce qu'ils sont anciens et modernes en même temps. Par cela même qu'ils étaient anciens, l'imagination du lecteur était reportée dans un lointain favorable à la poésie. Au XIIe siècle comme au XVIIe, on ne cherchait pas à leur assigner une date précise ; c'était là ce qui faisait un des charmes de ces récits. Les faits avaient pour théâtre et pour date le passé poétique de l'humanité ; il était question de la plus grande royauté, de la plus noble ville, du siége le plus fameux qui eût été. L'imagination se mettait à l'aise et étalait toutes ses splendeurs. Ajoutez à cela le prestige classique qui agissait déjà sur tous les esprits cultivés et par eux sur la foule toujours prête à admirer sur parole ce qu'admirent ceux qu'elle voit au-dessus d'elle. Mais en même temps, sous des noms anciens, les auteurs peignaient les mœurs, les caractères, les sentiments du XIIe siècle ; c'était par là et par ce complet mensonge qu'ils réussissaient. Ces personnages héroïques, parés de tout le charme de l'idéal et du lointain indéfini de la poésie, et qui accomplissaient de si grands exploits, étaient en même temps très-vivants. La foule s'associait aisément à des joies, à des passions, à des tristesses qui ressemblaient si fort aux siennes. L'œuvre du poëte parlait à la fois à l'imagination et au cœur.

Et s'il rapprochait les héros antiques de son public par les mœurs, il les en rapprochait aussi en humanisant son œuvre. Nous avons vu comme le merveilleux en était soigneusement banni. Benoît de

Sainte-More, le père de cette école, proteste expressément contre l'intervention des dieux dans l'*Iliade*; il y voit un grossier mensonge, une merveilleuse folie. Nous pouvons sourire en lisant le passage et y voir la preuve que le sentiment des grandes beautés poétiques a manqué au trouvère. Mais au fond c'est là une image naïve des tendances mêmes de l'esprit français en tous les temps.

Mais il fallait suppléer à ce merveilleux absent; pour retenir le lecteur, il fallait essayer d'intéresser sa sensibilité; et c'est ainsi que le trouvère était amené à peindre ce qui est humain avant tout, à étudier le cœur et ses mouvements,et à la place de ces prodiges qui le choquaient, il introduisait l'amour. Le *Roman de la Table ronde*, plus complétement moderne, achèvera la révolution. Benoît, en effet, et ses imitateurs ne font de la passion qu'un incident; le *Roman de la Table onde* en fera le ressort même de ses inventions. En altérant ainsi les sujets antiques, nos vieux poëtes ne cèdent pas à une pure fantaisie : ils obéissent instinctivement au besoin même de leur situation; ils savent qu'ils s'adressent à une autre race, à une autre civilisation. On peut reprocher à Benoît comme à Racine d'avoir choisi des sujets antiques; mais, une fois le sujet accepté, leur reprocher d'avoir fait leurs héros amoureux, c'est leur reprocher d'avoir parlé à des hommes du XIIe et du XVIIe siècle et d'avoir voulu se faire comprendre d'eux.

Mais se passer de merveilleux, et cependant parler à la curiosité, et faire une large place à la passion, c'est substituer le roman à l'épopée, car c'est là ce qui constitue l'essence du roman.

Un critique ingénieux de ce temps-ci a écrit : « Le merveilleux épique est le fait des sociétés anciennes; le romanesque, des sociétés modernes. » L'histoire de la poésie du moyen âge prouve la vérité de ce jugement. La *Chanson de Geste* se passe de surnaturel : elle est seulement énergique; elle n'a de commun avec l'épopée grecque que les proportions et la force de ses héros. Dès que l'esprit moderne, dès qu'une civilisation nouvelle s'accentuent dans le moyen âge, le romanesque s'introduit dans la poésie et vient y prendre la place du merveilleux : on le trouve dans deux ordres de récits, la *Table ronde* et les sujets antiques.

Paris. - Impr. de Dubuisson et Ce, rue Coq-Héron, 5

www.ingramcontent.com/pod-product-compliance
Ingram Content Group UK Ltd.
Pitfield, Milton Keynes, MK11 3LW, UK
UKHW021944260726
13994UKWH00004B/1531

9 782329 350004